見習い物作りコンビ
人工魔剣作りに挑戦!?
《真紅の山猫》訓練生
ミルレイン
愛称はミリー。
鍛冶士見習い兼、
戦士でもある。
《真紅の山猫》訓練生
ロイリス
金属細工師でありアイテム士。
手先が器用で、繊細な細工が得意。
最強の鑑定士って誰のこと?
Who is the strongest appraiser?
~満腹ごはんで異世界生活~
9

《真紅の山猫》見習い
ヤック
塩胡椒し、ブロックにカットした
ドラゴン肉を全面炙って……
【タレ】
・酒
・みりん
・醤油
・すり下ろし生姜
・ニンニク
タレに漬けて
粗熱をとり
冷蔵庫で
寝かせて……
食べやすいようにカットして
盛り付ければ
ドラゴネットのタタキ完成！

「いっぱいあるから大丈夫だよー」
「いっぱい取らないで！」
《真紅の山猫》訓練生
ヘルミーネ
《真紅の山猫》訓練生
レレイ
「網焼きのせいか、香ばしいな」
《真紅の山猫》リーダー
アリー
《真紅の山猫》指導係
ジェイク

好みの食材を組み合わせて
いろいろなサンドイッチを
お試しあれ!!
異世界転移した男子高校生
釘宮悠利

最強の鑑定士って誰のこと？

Who is the strongest appraiser?

～満腹ごはんで異世界生活～

9

港瀬つかさ ill.シソ

口絵・本文イラスト
シソ

装丁
木村デザイン・ラボ

お品書き

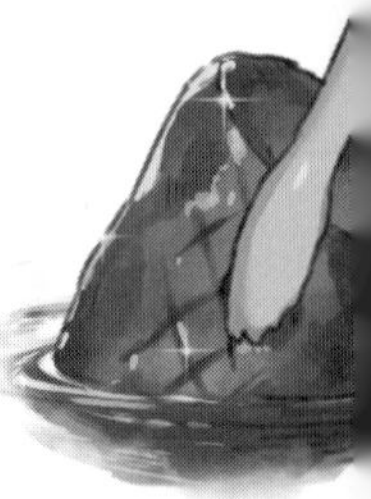

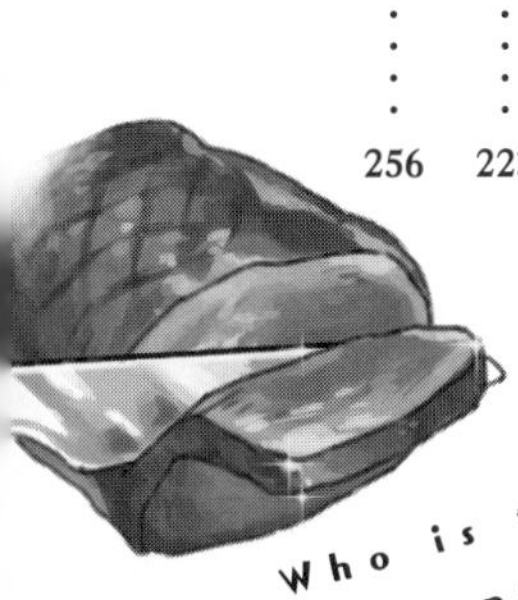

Who is the strongest appraiser?

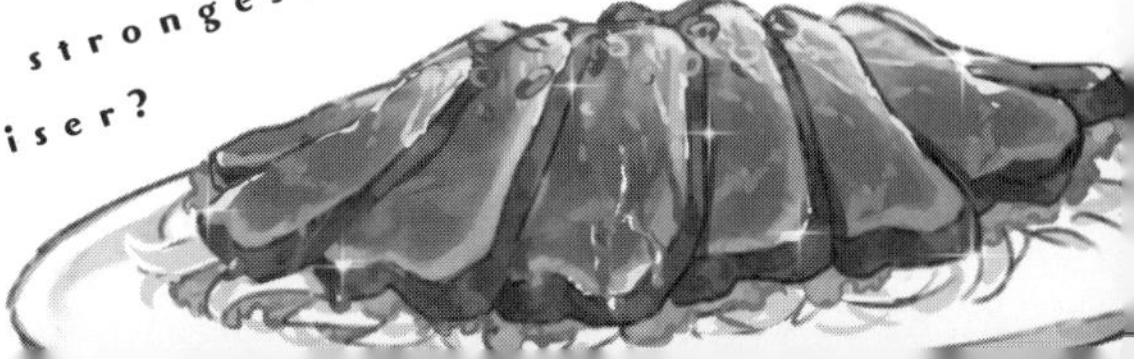

プロローグ　ちょっと贅沢《ぜいたく》に素揚げ野菜のお味噌汁《みそしる》

釘宮悠利《くぎみやゆうり》は家事全般を趣味特技としている、ちょっとぽやぽやしたマイペースな少年だ。ごく普通の男子高校生（というとちょっと語弊があるかもしれないが）だった彼は、帰宅途中に異世界転移を果たすというラノベみたいな経験をした。

その結果、保護者として居場所を提供してくれたアリーがリーダーを務める、初心者冒険者育成クラン《真紅の山猫《スカーレット・リンクス》》に身を寄せている。なお、彼は他《ほか》の冒険者達のようにトレジャーハンターになるためのお勉強や修業は全くしていない。悠利の立場は、炊事洗濯掃除を担当する、アジトのおさんどん役だった。

よくラノベで目にする、異世界へ転移した時にもらえる特典のようにこの世界最強の鑑定系チート技能《スキル》である【神の瞳《ひとみ》】を与えられているが、当人は何一つ気負わない。食材の目利きに便利だなぁぐらいの認識で、今日もほけほけマイペースに生活しているのでありました。

ここ、《真紅の山猫》における昼食メニューというのは、日替わり定食も真っ青なレベルでランダムだ。朝食は、毎朝パンが届けられるので日本の喫茶店などでよく見かけるモーニング系。しかし、昼食は主食のラインナップだけでも、パン、米、パスタという三種類に、最近ではうどんまで追加されている。更に言えば、アジトにいる人数によっては普段出てこないような料理が出てきたりもする。そういう意味では、昼食を朝夕の食事とは別の意味で楽しみとするメンバーもいる。

さて、そんな本日の昼食である。昼食のときは見習い組がいないこともあるのだが、今日は四人揃《そろ》ってアジトでお勉強なので全員いる。留守番役の指導係はフラウで、その他のメンバーでアジトにいるのはヤクモとアロールだった。二人とも今日は特に任務も修業も入っていないらしい。ちなみに、今日の料理当番はヤックだ。

そんなわけで、悠利とヤックは台所で昼食の準備に取りかかっていた。メインディッシュは良《い》い塩鮭が手に入ったので、グリルでこんがり焼いた塩鮭だ。付け合わせは朝食の残りでもあるサラダに、切ったトマトを添えて彩り華やかに。肉も欲しがるだろうということで、ジャーマンポテトっぽくジャガイモと厚切りベーコンの炒《いた》め物も用意した。ちなみに、本日の昼食の主食は米だ。何となく塩鮭には米という悠利の気分でそうなった。

そして、である。

「それじゃ、後は味噌汁の準備だねー」

「お湯沸かして出汁《だし》の準備はしたけど、具材入れないの？」

「今日はちょっと一工夫しようと思ってね」

「一工夫？」

「うん」

不思議そうなヤックに、悠利はにこにこと笑った。相変わらず料理をするときは特に楽しそうだなぁと思うヤックだった。悠利は家事全般が趣味で大好きだが、その中でも料理が特に好きなのである。悠利本人も、美味《おい》しいものを食べるのが好きなので。

一工夫と告げた悠利が準備しているのは、幾つかの野菜だった。茄子《なす》、カボチャ、サツマイモ、最後にオクラ。ごろごろと悠利が転がした野菜を見て、ヤックが首を傾《かし》げる。悠利は何やら楽しそうに笑っていた。この野菜をどうするのだろうとヤックは悠利をちらりと見る。やはり悠利はにこにこ笑っている。

「これを揚げて、味噌汁の具にしようと思うんだー」

「揚げた野菜を味噌汁の具に？」

「そう。味噌汁の鍋《なべ》に入れるんじゃなくて、揚げた野菜をお椀《わん》に入れて、そこに具無しの味噌汁をかける感じだよ」

「……美味しい？」

「僕は美味しいと思ってるよ？」

「なるほど」

悠利の説明に首を傾げていたヤックではあるが、最後には納得したような顔をしていた。ヤックは悠利の味覚を信頼しているのである。なので、納得した後には嬉々《きき》として作業を手伝うのだった。

素揚げにすると聞いたので、ヤックは悠利が野菜の準備をしている間に油の用意に取りかかる。いつも揚げ物をするのに使っている深めのフライパンを用意してそこに油を入れて温めるのだ。味噌汁を作るために出汁を沸かしていた鍋の火は、そっと消しておいた。油に余計な水分が入ってしまうと面倒だからだ。

そんなヤックにありがとうとお礼を言って、悠利は野菜の下処理に取りかかる。作業自体は簡単なのだが、いかんせん人数がいるのでそれなりの量になるのであった。ついでに、悠利に頼まれたので鍋に味噌を入れて具無しの味噌汁を完成させるヤックだった。

最初に、茄子は水洗いしてヘタを落とす。ついでに、お尻《しり》の部分も落とし、傷ついている部分や汚れが無いかを確認する。汚れや傷があれば、その部分も包丁でそっと取る。それが終わると、まずは縦半分にして、次にそれを三等分にする。縦長の茄子が、一つの茄子から六つ出来る計算だ。

茄子は、ボウルなどに水を入れてあく抜きをすると、色が変化しなかったり、渋みが出なくなったりする。ただし、今日は揚げるので、その手順は省略である。揚げ物の場合は、切ってすぐに揚げるのならば、あく抜きの手順を省いても問題ないのである。

続いて、カボチャは半分に切ってスプーンでタネをくり抜いてから切る。体重を乗せてさらに半分に切り、後は天ぷらなどにするときのように少し厚めのスライスに仕上げる。カボチャは硬いので、包丁をしっかり食い込ませてから体重を乗せるようにする。そうしないと、包丁が滑って危ないのだ。

次に、サツマイモを丁寧に水洗いして泥を落とし、傷や汚れの部分は包丁で落とす。その後、少し厚めにスライスする。カボチャと同じような感じだ。あまり薄すぎると食感が物足りないし、分厚すぎると揚がるのに時間がかかる。この辺りは食感の好みなどもあるが、悠利はとりあえず甘露煮にするときより少し薄い感じで切ることにした。

最後に残ったオクラは、水洗いの後にヘタを落としたら準備完了だ。ヘタを落とさずに、竹串《たけぐし》などでぷすぷすと軽く穴を開ける感じにしても調理は可能である。ようは、揚げている途中でオクラが破裂しないようにしているだけなので。ヘタの部分が硬くないようなら、竹串ぷすぷすで丸揚げしても問題はないかもしれない。今回は少しヘタが硬そうだったので、遠慮なくざくっと落とす悠利だった。

「素揚げだから、水はよく切ろうねー」

「……あー、油バチバチ言うもんね……」

「そうなんだよねぇ……」

ザルの上の野菜達をせっせと水切りしながら悠利とヤックは遠い目になった。揚げ物は美味しいが、具材の水をきっちり切らないと大変なことになる。揚げ物を作るのが苦手な人は、水と油が反発して跳ねるせいで怖くなったというパターンもある。まぁ、他には揚げ時間の目安が解らないとか、揚げ物を作っていると油の匂いで胃もたれしてしまうからなど、色々なパターンで苦手な人がいるだろうけれど。

具材の水切りが終わったので、二人はせっせとたくさんの野菜を素揚げにする。何しろ人数がいるので、一人一つにしたところでそれなりの分量になるのだ。表面がカリッとなるまで揚げたら、油切りの網を載せたバットの上に並べる。油が切れたら今度は、個別の器に盛りつける。

味噌汁はいつもならばお椀サイズの器に入れるのだが、今日は一回り大きな器を準備している。何しろ、具材をたくさん盛りつけるのだから。素揚げにした野菜は多少水分が減るけれど、それでも目に見えて小さくなるわけではないので器もそれなりの大きさのものが必要になるのである。

「ユーリー」

「何ー？」

「これ、味噌汁だけで結構お腹《なか》いっぱいになるんじゃ……？」

「……大丈夫。一番食が細いの僕かアロールだし！」

「そういう問題だっけ？」

しばらく考えた後に悠利が出した結論に、ヤックは首を傾げる。まぁ、事実ではあるのだ。見習い組は四人とも悠利より食欲旺盛《おうせい》で、フラウやヤクモもそれなりにしっかり食べる。最年少である十歳の僕っ娘《こ》であるアロールと、非戦闘員なのでそこまでがっつかない悠利の二人が、今日の昼食メンバーでは食が細い方に分類されるだろう。なので、自分達が食べられそうだから大丈夫、という謎《なぞ》の太鼓判を押す悠利だった。

「とりあえず味見しよっか。どれにする？」

「カボチャ！」

「甘くて美味しいよねぇ」

のほほんと笑いながら、お椀に素揚げのカボチャを半分にして入れる悠利。その上へ、出汁と味噌のみで作ったシンプルな味噌汁をそっとかける。じゅわっという音がするが、気にしない。味噌の風味豊かな香りと、揚げ物の香ばしさが二人の鼻腔《びこう》をくすぐった。

味噌汁を吸い込んだ素揚げのカボチャを、悠利とヤックはそっと口へ運んだ。揚げたてでまだ熱かったが、それよりも食べたいという欲求の方が勝ったのである。口の中にカボチャを含むと、じゅわりと味噌汁の味とカボチャの味が混ざり合って広がる。素揚げなので本来は揚げ物の食感なのだが、味噌汁と一緒に食べることで軟らかくなる。

そして、何よりも。

「何かこう、ちょっと豪華な感じがする……！」

「うん、言いたいことは解るよ。普通に煮込んだのとはまた違う食感だしねー」

「美味しいー」

味見をしてご満悦のヤックに、悠利もにこにこ笑顔だった。美味しく出来て大満足なのである。これならきっと皆《みんな》も喜んでくれるなと思う二人だった。

そうこうしていると、足音が近づいてくる。昼食の時間になったからと、皆がやってきたらしい。悠利とヤックは顔を見合わせて頷《うなず》くと、盛りつけに取りかかるのだった。

「お、何か具沢山の味噌汁！」

「美味《うま》そう！」

食前の挨拶《あいさつ》を終えて料理をしっかり見たウルグスとカミールは、うきうきとしていた。その隣では、すでに美味しそうに素揚げ野菜入りの味噌汁を堪能《たんのう》しているマグがいる。味噌汁には基本的に出汁が入るので、マグの中で味噌汁はお気に入り料理にカウントされているのだった。

他の面々も、興味深そうに素揚げ野菜の味噌汁を見ていた。味噌汁の具材は日替わりで、色々な味が楽しめるのは皆も知っている。だがしかし、こんな風にどっさりと具材が入っているのは珍しい。また、一緒に煮込んだ野菜ではなく、素揚げ野菜であるというのが皆の興味を引いているのだ。

「味噌汁にこんな風に大きな具材が入っているのは珍しいな、ユーリ」

「食べにくいですか？」

「いや、素揚げされているおかげか、一つ一つがそれほど硬くないので問題ない」

「それなら良かったです」

　素揚げの茄子を半分ほどかじったフラウが、向かいに座る悠利に言葉をかける。もごもごと口の中に入っていたトマトを咀嚼《そしやく》し終えた悠利は、首を傾げながら問いかける。それに対する返事はあっさりしていたので、悠利も安堵《あんど》したように笑った。確かに、一つ一つは大きいのだが、食べやすくはなっているのである。

「味噌汁ではあるが、これだけで腹持ちの良さそうな一品になっておるな」

「美味しいだろうなーと思う食材を詰め込んじゃいまして」

　てへっという感じで笑った悠利に、ヤクモも笑う。それが悠利だと解っているからだ。そんな彼は、ほくほくに仕上がったサツマイモを食べてご満悦であった。元々サツマイモやカボチャは味噌汁の具材として使っているので、違和感も特にないのだろう。気に入っているようだった。

　表面はカリッとしているのだが、中はやはりサツマイモ。ほくほくと口の中でほどけていくのがまた美味しいのだ。そんなサツマイモと一緒に味噌汁を口に含むと、サツマイモの甘さがじわりと広がり、まろやかにしてくれる。カボチャでもそれは同じことで、だがしかし普段の一緒に煮込んでいるものと違うので、一緒に食べる野菜で味が変わるという感じだった。一粒で何度も美味しい感じである。

「サツマイモとかカボチャとか茄子は解るんだけど、何でオクラ？」

「え？　美味しいから」

「オクラって味噌汁《みそしる》に入れる具材だっけ？」

「普段は入れないけど、結構美味しいよ？」

「ユーリって、時々そういう風に変わったことするよね」

「変わってるかなぁ……？」

不思議そうにオクラを箸《はし》で摘まみながら問いかけてくるアロールに、悠利《ゆうり》も不思議そうに答える。確かに、悠利は普段、味噌汁にオクラは入れない。だがしかし、日本にいるときに素揚げにしたオクラが入った味噌汁を飲んだことがあり、それを美味しいと思った悠利は、他《ほか》の野菜と一緒にオクラの素揚げも放《ほう》り込んだというわけだ。

悠利の返事に、アロールは少しばかり遠い目をした。普段の言動を見ていると一見マトモそうだが、割と冒険することもある悠利なのである。とはいえ、好奇心で本来入れないようなものを入れてしまうアレンジャーの皆様とは違って、悠利の魔改造やチャレンジは味の予想がつく場合に限って行われるので、謎の物体Xが出来上がるとかではない。ちゃんと美味しく出来るので。

悠利のチャレンジ精神をぼやきながらも、アロールは素揚げのオクラを口に運ぶ。オクラを揚げるというのに関しては、以前天ぷらを食べているのであまり気にしていない。気になるのは、味噌汁との相性だ。オクラを半分ほどかじって器に戻すと、そっと味噌汁を口に含むアロール。その日が、驚きに見開かれた。

「あ、美味しい」

「でしょー？」

「何で美味しいのか解らないけど、美味しい」

「何それ」

「他に言いようがない」

口の中に広がる味噌汁の味わいと、オクラのねばねばが良《い》い感じに調和するのを感じて、アロールはしみじみと呟《つぶや》いた。そもそもオクラはそこまで癖の強い味をしているわけではないので、ねばねば風味が嫌でなければあまり問題にはならない。そして、味噌汁とねばねばは割と相性が良いので問題ない。なめこ汁とか、どう考えてもねばねば一直線である。

美味しい理由が解らないと言いつつも、黙々と食べ続けるアロール。クールな僕っ娘のお口にも合ったらしいと理解して、悠利は嬉《うれ》しそうに笑うのだった。

なお、案の定具材てんこ盛りの素揚げ野菜の味噌汁で、悠利とアロールの二人は腹八分目を超えて満腹になってしまうのだった。でも美味しかったので問題ないです。

第一章　《真紅の山猫《スカーレット・リンクス》》の物作りコンビ

「ユーリ、何してんの？」

「んー？　チーズいっぱい貰《もら》ったから、お昼ご飯はチーズ使おうかなって思って」

「それは解ったんだけど、何でチーズ使おうとしてるのに長芋すり下ろしてるのかって話なんだけど」

「え？」

　せっせと台所で長芋をすり下ろしていた悠利は、きょとんとした。問いかけたアロールはと言えば、台所前のカウンターに陣取っている。その首元には、いつもならいる筈《はず》のアロールの従魔である白蛇ナージャはいない。彼女は今、ルークスと二人で庭の害虫駆除に勤《いそ》しんでくれている。頼りになる従魔達である。

　ちなみに、見習い組はそれぞれ訓練生と一緒に修行に出かけている。建国祭を満喫して息抜きを終えたので、しっかりとお勉強が再開しているのだ。一人前になれる日を目指して、彼らは頑張っている。

　さて、話を戻そう。

　アロールが悠利にツッコミを入れた通り、彼は先ほどから一生懸命長芋をすり下ろしている。しょりしょりという音と共に、大量のとろろがボウルの中へと落ちていく。それ自体は別に何の問題もないだろう。ただ、チーズを使うと言っておきながら、何故《なぜ》か大量のとろろを作っているということが、アロールには理解出来ないだけだ。

そんなアロールに、悠利は不思議そうに首を傾《かし》げた。彼にとっては、チーズを使うことと、今せっせと大量のとろろを作っていることは、別に矛盾しない。両方、本日の昼食メニューに使おうと思っているだけなのだ。

「とろろとチーズを一緒に使うからなんだけど？」

「その二つって合わせるものなの？」

「あ、後は小松菜も使うよ」

「いや、僕が言いたいのはそういうことじゃなくて」

根本的に話が嚙《か》み合っていない気がするアロールだった。なお、悠利はちゃんと説明をしているつもりである。一応、彼が今から作ろうとしている料理には、小松菜ととろろとチーズが必要になるので。

だがしかし、アロールが聞きたいのは、そもそもとろろとチーズを一緒に使うのは、珍しいのではという話だ。極論、味は大丈夫なのかという意味で。

勿論《もちろん》、彼女は悠利の料理の腕を信じている。信じているが、それでも、全く予想が出来ない材料の組み合わせをされると、疑問が生じてしまうのも事実だ。しかし、悠利にはそんなアロールの気持ちが全く解らないので（何しろ、彼はそれが美味《おい》しいと思って作っている）、不思議そうな顔をするのだった。どっちも悪くない。ただ、ちょっとすれ違っているだけである。

「んー。チーズ載せない場合もあるんだけど、今日はチーズたくさんあるから載せようと思って。そんなに変じゃないよ」

「……正直、味の想像がつかないんだよね……」

「まぁ、よくあるよね！」

「そうだね……」

君が作る料理ではね、と小さく付け加えたアロールだった。別にそれを嫌がっているわけではない。異国人である悠利の作る料理は、時に彼女の全く知らないものだ。とはいえ、それで裏切られたことはあんまりないので、そこまで心配はしていない。ただちょっと、気になっただけである。

そんな風に会話をしながら長芋をすり終えた悠利は、次に小松菜の調理に取りかかる。汚れを落とし、根元の汚れの強い部分だけを切り落とし、バラバラにならないようにする。そして、その小松菜を平鍋《ひらなべ》に敷き詰めるように並べて茹《ゆ》でる。

小松菜が茹で上《あ》がったら、あら熱を取ってから軽く絞って水気を取る。そして、切ったときにバラバラになるように繋《つな》がっている部分を切り落として捨て、ごま和《あ》えやおひたしにするときのように食べやすいサイズにカットする。最後に、風味付けにオリーブオイルを少量絡《から》める。

次に、耐熱の器または、オーブンに入れても問題ない器を用意して、そこにオリーブオイルと和えた小松菜を並べていく。上にとろろやチーズを載せるので、それほど大量ではないが、少なくとも底が見えない程度には敷き詰める。

「それ、下味は付けないの？」

「うん。味付けは後でするよ」

「ふーん」

悠利が何を作り出すのか気になっているのだろう。彼の手元を覗《のぞ》き込みながら、時々質問を投げかけている。とはいえ、普段から見習い組と一緒に料理をしている悠利なので、合間合間に話しかけられるのは苦ではない。アロールの問いかけにも、のんびりとした調子で答えている。

小松菜を人数分の器に盛りつけた悠利は、次にとろろを流し入れる。こちらもチーズを上に載せるので、入れすぎないように注意して、だ。とりあえず、小松菜が全《すべ》て隠れるぐらいにとろろを入れれば問題ない。

最後に、溶けやすいように削ったチーズをぱらぱらとちらす。溶けたときに全てがチーズで埋もれるような感じで、たっぷりとちりばめる。これで下準備は完成である。

予熱をしておいたオーブンに、器を丁寧に並べれば、後は、チーズが溶けたら完成だ。

「焼くの？」

「うん。焼くっていうかチーズを溶かす感じだね。小松菜は茹でてあるし、とろろは生でも食べられるから」

「なるほどね」

どんな料理になるんだろうかと興味津々のアロール。その顔が徐々に緩む。彼女はチーズが好きなので、自然と顔が緩んでしまうのだろう。ただし、それを指摘すると怒られそうなので言わない程度には空気の読める悠利である。なので、悠利は気づいていないフリをしつつ、他のおかずの準備に取りかかるのだった。

そして、昼食の時間である。

わらわらと集まってきた仲間達は、皆《みんな》嬉しそうだ。基本的に彼らは悠利の手料理が大好きなので、食事のときはいつも嬉しそうなのである。

本日の昼食メニューは、小松菜とろろチーズ焼きに、チーズたっぷりオムレツ。熱々にチーズを溶かしたオニオンスープとグリーンサラダ。ご飯かパンかはお好みで、となっている。チーズが盛りだくさんなのは、仕様だ。

ただ、ここまでチーズ尽くしになることは滅多にないので、皆がちょっと不思議そうにしているだけで。

「このチーズ焼きは、中に小松菜ととろろが入っています。めんつゆをかけて、混ぜて食べてくださいね」

「え？　これ、めんつゆかけるの……？」

「うん」

「……チーズにめんつゆ……？」

「うん」

一同を代表してアロールが呆気《あっけ》に取られながらも問いかける。だがしかし、悠利はいつも通りの笑顔で頷《うなず》くだけだ。チーズとめんつゆって合うのだろうかと思いながら、とりあえず悠利を信じてかける皆だった。

小松菜ととろろがめんつゆに合うのは何となく解っている。だがしかし、そこにチーズが加わっているので、味の想像が出来ないのだろう。悠利は気にした風もなく、めんつゆをかけた小松菜ととろろチーズ焼きを、スプーンで混ぜている。

スプーンに具材を全て載せるようにして掬《すく》い、そっと口へと運ぶ。食感を残す程度に茹でた小松菜の歯ごたえに、絡まるとろろとチーズが良いアクセントになっている。味付けはチーズの塩気とめんつゆのみだが、それが何とも言えない調和で口の中に広がるのだ。和風なのか洋風なのかよく解らないが、とりあえず美味しいので悠利は気にしない。

溶けたチーズととろろが混ざっているのも、また面白い。この料理は、全部一緒に食べるから美味しいのだ。個々でも美味しいだろうが、合わせることで別の味わいが出る。その見本みたいな感じだった。

「……美味」

「…………えーっと、マグ？」

「美味」

「うん、気に入ってくれたのは良いけど、お代わりはないからね？」

「…………美味」

「だから、一人一皿なの！　他《ほか》のおかず食べて！」

「……諾」

あっという間に食べ終えたらしいマグが、空っぽになった器を手に悠利《ゆうり》の前に立っていた。いつも通りの淡々とした口調、いつも通りの無表情。だがしかし、何を要求されているのかは解る悠利である。いい加減慣れた。

だがしかし、要求されたところで、無い袖《そで》は振れない。無いものは無いのである。それを必死に伝えて、ようやっと納得したらしいマグだった。いや、納得したわけではあるまい。渋々了承したぐらいが近いだろう。

今日はマグの中でおかずを強奪出来る相手としているウルグスがいないので、諦《あきら》めたらしい。喧《けん》嘩《か》相手のウルグスの分は奪いに行っても良いという謎《なぞ》理論を持っているマグなのだ。……なお、マグのその行動が甘えとか試し行動とかだと解っているウルグスは、怒りながらも半分分けてくれることがある。勿論、全力で抵抗して自分の分を守ることもある。ある意味それは彼らのコミュニケーションなのだ。

「もう、マグの場合は、薄めためんつゆをライスにかけさせておけば良いんじゃないの？」

「アロール、何言って……」

面倒くさそうに呟いたアロールに、悠利は苦笑する。変なこと言わないでよと言いたげだ。だがしかし、そんな二人の視界に、小さな影が入り込む。嫌な予感を抱きつつ悠利が視線を向ければ、そこにはマグが立っていた。

「名案」

「名案じゃないよ‼　やっちゃダメだから！　めんつゆご飯禁止！」

「……何故」

「おかずでご飯食べてください。何のためにおかずがあるのか解らなくなるよね？」

「…………諾」

「頷くまでが長いんだけど……」

ぱぁっと顔を輝かせていたマグであるが、悠利の必死の説得で何とか折れるのだった。アロールは思わず、小さな声で悠利にごめんと言った。彼女は単なる冗談レベルで口にしたのだ。まさか、マグが真に受けると思わなかったし、そもそも聞こえていると思わなかったのだ。……出汁《だし》が絡むと耳も良くなるのか、遠い場所にいても反応するのがマグだった。出汁の信者怖い。

とりあえずマグが去って行ったので、悠利とアロールは大人しく食事に戻る。いつものこととはいえ、出汁に対するマグの反応は軽いホラー案件だった。

「そういえば、何で今日はこんなにチーズばっかりなわけ？」

「ダレイオスさんからチーズいっぱい貰ったから」

「……それって、この間店を手伝ったお礼？」

「そうらしいよ。ちゃんと賃金も貰ったんだけどねー。でも、美味しそうなチーズだったから、お言葉に甘えてみた」

「ふうん」

悠利が言っているのは、先日の建国祭で大衆食堂《木漏れ日亭》のお手伝いをした案件だ。その礼として、給金以外にもお礼の品をいただいたのである。強面《こわもて》の店主ダレイオスさんは、その辺をきっちりする義理堅い性質のおじさんだった。

チーズが大量にあった理由はそれで解ったのか、アロールはもぐもぐと食事に戻る。けれど、すぐにもう一度悠利に問いかける。

「チーズがいっぱいあるからってのは解ったけど、それでもここまでチーズばっかりにする必要あった？」

「え？　だって、今日はアロールもフラウさんもいるから」

「……ん？」

「二人、チーズ好きでしょ？」

「…………うん」

にこっといつも通りの笑顔で、当たり前みたいに告げる悠利。面食らったアロールは、次の瞬間眉間《みけん》に皺《しわ》を寄せるようにして頷いた。怒っているようにも見える表情だが、単純に照れ隠しである。正確には、素直に喜ぶことも出来ない複雑な十歳児心というやつだろうか。

二人の会話が聞こえていたのか、フラウが謝辞を示すように悠利に向けて軽く会釈をする。席が離れているので声をかけるのは控えたのだろう。悠利もそれが解っているので、ぺこりと頭を下げることで返事にした。

アロールとフラウの二人は、《真紅の山猫《スカーレット・リンクス》》のメンバーの中で特にチーズが好きな二人なのだ。チーズならばどんな種類でも好きなようで、食事でもお菓子でも美味しく食べている。そんな彼女達が二人一緒に昼食の時間にいるので、こうしてチーズ尽くしの料理にした悠利だった。

「……っていうか、そういう依怙贔屓《えこひいき》なことして、他が怒るとか思わないの？」

「え？　別に誰も怒ってないよね？　美味《おい》しかったらそれで良いと思うんだけど」

「……」

「アロール？　何で怒ってるの？」

「怒ってない」

言いたいことが半分も悠利に通じなかったので、アロールはそれ以上会話をするのを諦めたらしい。なお、彼女の意見も間違っていないが、そもそも悠利は誰かの喜ぶご飯を作ることがしょっちゅうなので、それを依怙贔屓だと今更言う面々はいないのだ。そりゃ、誰かだけ特別に一品多いとか、量が多いとかになったら喧嘩になるだろうが。そういうことはしないので。

困ったように眉《まゆ》を下げる悠利。ふてくされたようなアロール。そんな二人を見て、アロールの足下で食事をしていたナージャが、呆《あき》れたようにシャーッと鳴くのだった。まだまだ子供だとでも言いたげに。

なお、何かを閃《ひらめ》いたらしい面々が、小松菜とろろチーズ焼きをご飯に載せて丼《どんぶり》にしたら意外と美味しかったので、時々丼として提供されることになるのでした。美味しいは正義！

◇◇◇

洗濯を終えた悠利がリビングへ戻ってくると、床の上に布を敷いて、その上でまるで店開きのように様々な鉱物を並べている少年少女の姿があった。どちらも小柄だが、受ける印象は少々異なっている。

少年はほっそりと小柄で幼く見え、少女の方は小柄ながらがっちりして見える。同じように小柄でも雰囲気が異なるので、背格好で見間違えることは無い。

「ロイリスとミリー、今日は工房に行ってないの？」

「あ、ユーリくん、お疲れ様です。僕、今日はお休みなんです」

「お疲れ様、ユーリ。アタイも今日は休み」

「そうなんだ」

悠利の問いかけに、二人は笑顔で答えた。彼らの説明に、悠利はなるほどと納得するのだった。

ロイリスと呼ばれたのは赤茶色の髪をした、一見すると七、八歳に見える外見の少年だ。ちんまりとした印象を裏切らない全体的に丸みを帯びた体型は、まさに幼児体型。だがしかし、年齢は十二歳。彼が幼く見えるのは、ハーフリング族だからである。彼らは、成人しても人間の子供と変わらない外見という特徴を持つ種族なのだ。

ミリーと悠利が呼んだのは、オーバーオール姿が印象的なミルレインという名前の少女だ。焦げ茶色の髪を、頭の真後ろで短い三つ編みにしているのが可愛《かわい》らしい。こちらは十六歳という年齢通りに見える外見をしている。ただし、彼女も小柄だった。だが、全体的に幼児めいた体型のロイリスと異なり、こちらは少々がっちりして見える。有り体に言うと、彼女は骨太なのだ。少々無骨に見えるのは、山の民の特徴だった。

そんな二人は、《真紅の山猫》でも珍しい、物作りコンビだった。ロイリスは手先が器用な細工師で、主に金属加工を得意としている。ミルレインは武器作りを手がける鍛冶士《かじし》だ。どちらもまだ駆け出しなので、日夜修業を続けている。

なので、彼らのスケジュールは他の訓練生達とは少しばかり異なる。

普通、《真紅の山猫》の訓練生は、座学と実技を織り交ぜて学び、冒険者らしくギルドの依頼を受けたりしながら修業を続けるのだ。ロイリスとミルレインは、そちらに参加しつつも、王都にある各工房に顔を出し、職人としての修業もしていた。戦闘技術に関しても学んでいるが、そちらが本職というわけではない。

そんなわけなので、昼間に彼らがアジトで過ごしているというのは、地味にレアな状況だった。下手をしたら、数日工房に泊まり込むとかやらかしているので。

「それで、二人は何をしてるの？　店開き？」

「違いますよ、ユーリくん。材料の仕分けというか、取り分の分配です」

「そうそう。建国祭でまとめ買いしたからさ。お互いの必要な分を相談してるところ」

「あ、それ建国祭で買ったものなんだ」

悠利の問いかけにロイリスは苦笑しながら答える。けれど、布の上にたくさんの鉱物を並べている姿は、悠利の中ではフリーマーケットや子供のお店ごっこに見えてしまったのだ。まして、ロイリスもミルレインも小柄で幼く見える。相乗効果でそういう風に見えたのである。

よくよく二人の手元を見てみると、鉱物の山が三つ作られていた。中央に大きな山が一つ。そして、向かい合って座る二人の前にそれぞれの山があるのだ。均等に分けられているようで、内訳が少々異なっているため、お互いに自分に必要だと思う物を選んで取り分けているらしい。

そんな物作りコンビの戦利品を、悠利はまじまじと見詰めた。基本的に、悠利には縁のないインゴットや原石の山である。以前、見習い組と当て物ゲーム（見習い組の勉強を遊び感覚で出来るようにしただけ）をやったときに見たぐらいだ。

ぱっと見た感じ、色々な鉱物が並んでいる。よく見れば、鉄や鋼といった金属の他に、宝石っぽいものも転がっていた。悠利には物作りにどういったものを用いるのかが解らないが、二人にとっては大切な素材なのだというのだけは理解出来た。

何故《なぜ》なら、ロイリスもミルレインも真剣な顔で目の前の素材達を手にとって確かめているからだ。表面を触ってみたり、お互いに相談しながら選別している。その姿は、悠利にとって、自分が野菜を目利きするときと同じように見えた。

「色々と買い込んだみたいだけど、どうしてそれを二人で仕分けしてるの？」

「一緒に買ったからですよ」

「まとめ買いの方がお得だったんだ」

「あぁ、なるほど」

問いかけた悠利に、二人は笑って答えた。建国祭には様々な土地から様々な商品を持って多くの人々がやって来ていた。その中で、二人も普段は見かけなかったり、少し手が出ないような素材を発見したのだ。そして、それを買うときに二人で予算を出し合ってまとめ買いをすることで、オマケを付けて貰《もら》ったり安くして貰ったりしたのだという。買い物の知恵だった。

例えば、片方にとっては必要のない素材だが、それがセット販売に入っていたりしても、二人で分け合えば無駄を省けるという感じだ。セット販売の方がお得だったりするのはよくあるが、自分が使わない物のためにお金を払うのはちょっとためらってしまうのが人の心というものである。しかし、それを隣の相手に渡せば問題ないのならば、一緒に買っても良いのではという結論になったのだ。

「これで何を作るかって決めてるの？」

「そうですね……。僕は色々な金属の配合を試して、そこに模様を彫る練習をしようかと思っています」

「あぁ、ロイリスが作る細工物は、本当に綺麗《きれい》な模様が彫ってあるもんね」

「まだまだ未熟ですけどね。金属によって彫り方や道具を替えなければいけないので、その勉強です」

「そっかー。もし良かったらまた見せてほしいなー。僕、ロイリスが彫る模様、好きなんだよねー」

「喜んで」

にこにこ笑顔でおねだりをした悠利に、ロイリスも笑顔で応じる。ふわふわほわほわとした雰囲気がちょっと似ている二人だった。しいて言うなら、悠利がぽわぽわ天然で、ロイリスが育ちが良さそうなおっとり系というところだろうか。そんな二人なので、相乗効果でその場が物凄《ものすご》く和んでいた。

標準装備でのほほんとしている少年二人の隣で、ミルレインは黙々とインゴットを整理していた。細工物を手がけるロイリスと異なり、ミルレインは鍛冶士だ。それも、専門として扱っているのは武具である。必然的に、彼女が重要視するのは刃の部分だった。

「ミリーはいつもみたいに武器を作るの？」

「うん。今回は珍しい鋼も手に入ったから、色々混ぜて強度が出せるかを確かめたいと思ってる」

「武器の刃先の部分って、そんなに色々な金属混ぜて作るの？」

「物によるかな。一種類だけで作り上げることもあるし、複数を混ぜて作った方が生きる素材もあるから」

「大変なんだねぇ」

何をどの配分で混ぜて、どのように熱を加え、どうやって加工するのか。ただ鋼を打つだけでは鍛冶士は務《つと》まらない。どれほど形を丁寧にそれっぽく作ったとしても、肝腎《かんじん》の刃の部分や接合部分がお粗末であれば、意味がない。だからこそミルレインは、珍しい素材が手に入ったときには、色々とチャレンジするようにしているのだ。

勿論《もちろん》、先達の意見はきっちりと拝聴する。その上で、自分でやってみたいと思う配合を試すのもまた、修練の一環である。どう考えてもあり得ないとか、失敗するとか言われた組み合わせも、どこか一つ手順を変えれば化ける可能性があるのだ。試さずにずっと気にするぐらいならば、試して失敗して次に進んだ方が良いと考えるのがミルレインという少女なのだった。

「っていうか、もしかして二人とも、建国祭での買い物ってそれだけなの？」

「「…………」」

「……え？　まさか、本当に、手持ちの資金、全部それにつぎ込んだ、の……？」

「「…………」」

悠利《ゆうり》の何げない問いかけに返ってきたのは、沈黙だった。ミルレインは手元のインゴットを整理しながら、顔を上げない。ロイリスはにこにこと笑ったまま、そっと視線を明後日《あさって》の方向に逸《そ》らしていた。重ねた問いかけにも同じ反応しかなかったので、悠利は思わず口を小さく開けたまま固まっていた。

目の前には、大量の素材の山。建国祭は大きなお祭りで、そこで売り出されていたのならば、珍しい品もあったのだろうと推察する。それを買い求めるのを二人がためらわなかっただろうことも理解出来る。普段ならば手に入らないものが手に入るのだ。お祭り効果でお財布《さいふ》の紐《ひも》が緩んでも仕方ない。

だがしかし、である。

だからといって、まさか、楽しい楽しいお祭りの戦利品、購入した品が、これだけというのは、悠利にはちょっと理解出来なかった。悠利自身は、皆《みんな》と一緒に食べ歩きを楽しんだだけでなく、雑貨や衣類なども買い込んでいる。部屋に飾るような可愛らしい小物を買い求めてもいる。そんな風に自分は楽しんでいたので、まさか二人が全力で素材を買い求めていたと知って、呆気《あっけ》にとられているのだ。

「いや、美味しい物はいっぱい食べたし」

「ミリー……？」

「ええ、そうですよね。普段食べられないお料理を食べましたよね」

「ロイリス……？」

二人揃《そろ》って、悠利と目を合わせないままに言い訳っぽいことを口にし始めた。別に悠利は二人を咎《とが》めるつもりも責めるつもりもなかったので、何で彼らがそんなことを言いだしたのかが解らなかった。悠利はただ、ちょっと驚いていただけである。

「二人とも、どうしたの？」

「……いえ、その……」

「……いや、うん……」

「ロイリス？　ミリー？」

妙に歯切れの悪い二人に、悠利は首を傾《かし》げた。いったい何が彼らの口を重くしているのだろうかと不思議だった。そんな悠利を見ていた二人は、少ししてぼそりと呟《つぶや》いた。

「……気づいたら資金が無かったんです……」

「……素材以外も買おうと思ってたけど、資金が尽きた……」

「……うわぁ」

滅多に手に入らない素材の山にはっちゃけた結果、他《ほか》の買い物に使おうと思っていた資金まで使ってしまったらしい。お祭り効果とか、バーゲン効果とかみたいなものかなと思う悠利だった。後、旅行先効果も似たような感じかもしれない。つまるところ、お財布の紐が極端に緩くなってしまい、気づいたら予想外にお金を使ってしまっていたパターンだ。

勿論、彼らは生活費や諸々《もろもろ》の雑費まで使い込むようなことはしていない。ただ、建国祭用の資金として用意していたお金が、気づいたら綺麗さっぱり吹っ飛んでいただけなのだ。察してあげてほしい。

「アタイだって、小物入れとか雑貨とか髪飾りとか買おうと思ってたんだ。だけど、気づいたら資金が底を突いていた……！」

「僕も、家族への贈り物とか普段使いの出来る洋服とか買おうと思ってたんですよ。でも、気づいたら資金がなくなっていたんです……」

「お祭りって怖いね……」

「「本当に」」

悠利のしみじみとした呟きに、二人は力一杯頷《うなず》いた。お祭りは楽しいけれど、同時に財布からお金が飛び立ってしまうものなんだなぁと痛感する三人であった。楽しいから良《い》いのだけれど。自制心が足りていない者の場合、使ってはいけないお金にまで手を付けそうで怖いなと思う悠利だった。

そこでふと、素材に資金を全部つぎ込んだ二人の行動が、悠利にある人物を連想させた。そして、いつもの口調のままで、悠利はそれを口にした。

「何だか二人の行動って、食べ物に資金全部つぎ込んだレレイに似てるよね」

「「……え」」

「レレイは最初から、資金を全部食べ物につぎ込むつもりで、衣装も新調しないで準備してたんだけど。一点集中ってところが似てるかなって」

「「えぇぇぇ……」」

「……何で二人ともそんな死ぬほど嫌そうなの……」

笑顔で告げた悠利に返されたのは、心底嫌そうな顔だった。うなり声みたいな感じで異論を口にしたそうな二人。悠利にしてみれば、つぎ込む先が食べ物か素材かというだけで、二人の一点集中っぷりとレレイの一点集中っぷりは同じに思えたのだ。だがしかし、どうやら二人は納得出来ていないらしい。

「確かに言われてみれば同じような行動となるかもしれませんが、一緒にされるのは何だか釈然としないと言いますか……」

「アレは純粋に自分の欲望に忠実なだけだろ。アタイ達のこれは、ちゃんと自分の修練に生かされるんだから、ちょっと一緒にされたくない」

「解ります。そういうところですよね、ミリー」

「そうそう」

「……いやー、外野から見てると、割と同じ感じだよー？　熱意の傾け方とかさー」

二人手を取り合って熱弁しているロイリスとミルレイン。聞こえないと解りつつ、ツッコミを入れてしまう悠利だった。当人達がどう思っていようと、当初の予定をうっかり忘れて、熱意の赴くままに素材を買い漁《あさ》った彼らも大概なのだから。

確かに食べてそれで終わるレレイと、今後の修練に生かす彼らでは多少違うかもしれない。だがしかし、そんなものは誤差である。少なくとも、お祭り効果でお財布の紐が緩くなって、うっかりお金を使い過ぎちゃったという段階で同じだ。悠利の中では。

とはいえ、多分どれだけ言っても納得してくれないんだろうなと思って、二人の熱弁を右から左に聞き流すことにした悠利だった。後、普段見ない素材の数々を見て楽しむことに切り替えていた。何だかんだでスルースキルもそこそこある悠利なのでした。

なお、その話を聞かされたレレイが「仲間だね！」と言ったことで夕飯前に一悶着《ひともんちゃく》ありましたが、割といつも賑《にぎ》やかな《真紅の山猫》《スカーレット・リンクス》です。

◇◇◇

ジュージューと食欲をそそる音を立てて肉が焼かれている。網の上に載っているのは、串《くし》に刺さった大量の鶏肉《とりにく》だった。そう、焼き鳥だった。

生憎《あいにく》、炭は備蓄されていなかったので薪《まき》で焼いているが、そんなことは問題ではない。網焼きの肉は、それだけで食欲をそそるのだ。良い匂《にお》いが庭中《じゅう》に広がって、昼食準備をしている面々の胃袋を刺激していた。

「あ、まだ触っちゃダメだよー！」

「そっちはまだ焼けてないぞー」

一つ一ついつもと違う光景が見られるとしたら、それは火の周りに陣取っているのが料理と無縁に思える人物だということだろうか。網の周りで鍋《なべ》奉行ならぬ焼き鳥奉行をやっているのは、レレイとバルロイの大食いコンビだった。

そして、特筆すべきは、彼らの言葉が正しいということだ。もう焼けたかな？　と肉に手を伸ばそうとする面々に待ったをかけるのだが、実際彼らが止める場合は肉の焼け具合がまだ足りないのだ。触りもせずに、見ただけでそれを理解している二人だった。

もっしゃもっしゃと完成した焼き鳥を少し離れた場所で食べている悠利は、せっせと焼き鳥を量産しているレレイとバルロイをのんびりと眺めていた。絶妙な焼き加減の焼き鳥は大変絶品だった。

「相変わらず、レレイって肉とか魚とか焼くの上手だよねぇ」

「バルロイさんもな」

感心したように悠利が呟けば、その隣で同じように焼き鳥を食べているクーレッシュが付け加える。特に器用というわけでも料理上手というわけでもないのだが、レレイは肉や魚の焼き加減を見極めるのがとても得意だった。そしてそれは、実はバルロイにも言える。

料理とは無縁そうな二人だが、こういった、ひたすら肉を焼くときなどはとても頼りになるのだ。

「まぁ、あの二人は鼻がえぇからなぁ」

もぐ、と焼き鳥を食べながらアルシェットが呟く。バルロイがいるならば、そこにアルシェットがいるのは当然のことだ。お目付役兼相棒兼ツッコミ役として、彼女は今日もバルロイと一緒に行動をしていた。……むしろ彼女の役職は、脳筋《のうきん》狼《おおかみ》の飼い主で良いかもしれないが。

《真紅の山猫》の卒業生である狼獣人《じゅうじん》のバルロイとハーフリング族のアルシェットは、先日の建国祭のために王都にやって来ていた。建国祭には人手が必要なので、臨時雇用が大量発生して稼ぎどきなのだ。そして、建国祭が終わった今、休暇も兼ねて王都でのんびりと（ちょこちょこ依頼を受けてお金を稼いではいるが）過ごしている。そんな状況なので、ひょっこりアジトに顔を出すことがあるのだ。

なお、レレイとバルロイの二人が大活躍している理由は、アルシェットの一言に集約されている。人間よりも五感に優れた狼獣人であるバルロイと、父親が猫獣人であるために普通の人よりも五感が優れているレレイ。その上、彼らはお肉大好きの大食漢。より美味《おい》しいお肉の状態を理解しているので、匂いで焼き加減を判別しているのだ。

ジュージュー香ばしい音を立てている大量の焼き鳥。舌鼓を打つ皆の姿を見詰めながら、悠利は午前中のことを思い出していた。

……そう、この大量の焼き鳥の材料になった肉と、それを持ち込まれたときのことを。

午前中の家事を一通り終えた悠利は、一息入れようとお茶を飲んでいた。今日のお昼ご飯は何にしようかなとのんびりと考えながらの一服は、悠利にとっては幸せな時間でもある。その穏やかな時間に突然の乱入者が現れたのは、次の瞬間だった。

「ユーリ、ただいまー！　お肉いっぱい貰《もら》ってきたよー！」

「ユーリ、この肉で美味《うま》いもの作ってくれ！」

「……へ？」

賑やかに登場したのは、レレイとバルロイの二人だった。肉食と大食漢が服を着て歩いているような大食いコンビは、にこにことご機嫌で悠利に声をかけてくる。しかし、悠利はまだ状況を呑《の》み込めていなかった。そもそも、何故《なぜ》レレイと一緒にバルロイがやってきたのかがさっぱり解ってい
ない。

きょろきょろと悠利は二人の背後へと視線を向けた。レレイはともかく、バルロイが一人で行動しているわけがないと思ったからだ。そして、その予想は当たっていた。

次の瞬間、盛大な打音が室内に響き渡った。

「このアホ！　説明も無しにいきなり突撃するんやないわ！」

「……アル、ちょっと痛い」

「喧《やかま》しい！」

相棒のアホさっぷりにご立腹なアルシェットが、愛用の槌《つち》をぶん回してバルロイの後頭部をぶん殴ったのだった。小柄なアルシェットは、遠心力を利用しパワーを上げて相棒に全力でツッコミを入れているのだ。「あ、やっぱりアルシェットさんいた」と悠利は思った。バルロイとアルシェットは同じパーティーに所属してるだけでなく、常日頃から行動を共にしている。今日も脳筋狼の飼い主は大変そうだった。

アルシェットに説明を求めようと思った悠利だが、バルロイへのツッコミに忙しい彼女に声をかけるのもはばかられて、とりあえず大人しく待っていた。落ち着いたらちゃんと事情を説明してくれるだろうという信頼のなせる業だった。なお、二人の賑やかなやりとりをのんびりと見ているレ

レイに説明を求めない程度には、悠利《ゆうり》はレレイをよく知っていた。

レレイは決して頭が悪いわけではないのだが、感情優先なので説明が苦手だった。理路整然と情報を精査して伝えるというのが大変苦手なのである。彼女に聞いても要領を得ないだろうなと解っているので、悠利は大人しくアルシェットの手が空くのを待っているのだった。

しばらくしてバルロイへのツッコミが一段落したのか、アルシェットがくるりと悠利の方へと向き直った。こんにちは、といつも通りののほほんとした笑顔で挨拶《あいさつ》をしてきた悠利に、ほんの少し疲れたように肩を落としながら挨拶を返すアルシェットだった。

「それで、どうしてレレイと一緒にお二人が戻ってきたんですか？」

「たまたま、討伐依頼の現場で鉢合わせしてん。そんで、大量のウイングコッコの肉を持ち帰ってきたっちゅーわけや」

「大量って、どれぐらいですか？」

「…………まぁ、この二人がお代わりしまくってもまだ余るぐらいには」

「うわお」

アルシェットの説明に、悠利は目を見開いて驚いた。バルロイもレレイも大食漢である。健啖家《けんたんか》とかそういうレベルではなくて、とりあえず、ひたすらに食べるコンビなのだ。その二人が満足いくまでお代わりしても大丈夫なぐらいの肉とは、これ如何《いか》に。どれだけ膨大な数を引き取ってきたんだと思う悠利だった。

詳しく説明を聞くと、大量発生したウイングコッコの討伐依頼に出掛けた彼らは、報酬とは別に肉を持ち帰ることを許されたらしい。勿論《もちろん》、取り分の肉を売却することを選択して、現金上乗せを希望する者達もいるのだが、レレイもバルロイもそんなことはしない。ウイングコッコは美味しい鶏肉である。持ち帰って食べる以外の選択肢は彼らにはなかった。

ついでに、現場で鉢合わせして意気投合したレレイとバルロイの二人が、大量の肉を悠利に渡せば美味しいご飯に化けるという結論を出し、こうして持ち帰ってきたということになる。間違っていないのだが、レレイはともかく既に《真紅の山猫》を卒業しているバルロイが同じ行動を取っているのが色々アレだった。彼も立派に悠利に餌付《えづ》けされているのだった。

肉、肉、とうきうきしているレレイとバルロイの隣で、アルシェットが一人、申し訳なさそうに悠利に頭を下げていた。当たり前だ。いくら肉を持参したとはいえ、突然現れて昼食を作れと言っているのだ。普通に考えたら迷惑である。

しかし、相手は悠利だった。

「それじゃあ、何を作るか考えますね。ウイングコッコのお肉、どういう状態で貰ってきたんですか？」

「……ホンマにスマンな、ユーリ……」

「え？　何がですか？　美味しそうなお肉を持ってきて貰って助かってますよ。今日はまだ、お昼ご飯のメニュー決めてなかったので」

「……アンタ、ホンマにえぇ子やな……」

にこにこ笑顔で答える悠利を見て、アルシェットは思わず目頭を押さえていた。悠利の優しさに感動したらしい。……なお、バルロイとレレイは美味しい肉料理が食べられることが確定したので、ハイタッチで喜びを分かち合っていた。……大食いコンビは食欲に忠実なのだ。

皆《みんな》で台所に移動して、彼らが持ち帰ったウイングコッコの肉を作業台の上に広げていく。血抜きも解体もきっちり終わらせた、既に食用として下処理を済ませた肉がそこにあった。部位ごとに分けられており、実に使いやすそうだ。

「へー。ムネやモモだけじゃなくて、手羽とか皮とか色々あるんですね」

「使いやすいところだけ使ってくれたらええで。いらん分は持って帰って適当に使うさかい」

「え？　別にいらないところなんて無いですよ？　これだけたくさんあったら、皆で堪能《たんのう》出来ますよね」

「……せやな」

キラキラと顔を輝かせる悠利に、アルシェットは色々なものを呑み込んだ顔で頷《うなず》いた。どんな土産を持ってくるよりも、食材を持ってくるときが一番喜ぶ悠利である。確かに喜んでくれて嬉《うれ》しいのだが、持ってきた食材はもれなく悠利以外の誰かの胃袋に消えていくのだ。悠利の手元には何も残らないのである。それをこんな風に喜ばれると、ちょっと微妙な気持ちになるアルシェットなのだった。

そんなアルシェットの気持ちなどつゆ知らず、悠利はうっきうきでウイングコッコの肉と向き合っていた。各部位ごとにきっちりと下処理が施された新鮮なお肉である。今朝討伐して、ついさっき解体が終わったような新鮮すぎる肉だ。許されるならお刺身で食べたくなるぐらいに、つやつやぷりっぷりだった。

「ウイングコッコって、ちょっと大きい鶏だったよね？」

「そうそう。普段は地面を歩いてるけど、ぶわーって飛ぶんだよ」

「それがいっぱいいたの？」

「いーっぱいいた。まぁでも、バルロイさんがいたから簡単に終わったけどねー」

「……そうなの？」

「そうだよ？」

レレイが感心したように告げた内容に対して、悠利は不思議そうに問い返した。……悠利は、バルロイがどれぐらいの戦闘能力を持っているのかを全く知らなかった。知る機会がなかったとも言える。悠利の中でバルロイは、遊びに来ては笑顔でご飯を食べていく大型犬みたいな感じである。

なお、話題の主になっているバルロイは、きょとんとしている悠利の視線を受けても、へらっと笑っているだけだった。彼の視線はお肉に釘付《くぎづ》けだった。悠利がどんな美味しいご飯を作ってくれるんだろうという感じの顔をしている。彼の最優先は食欲である。

なので――。

「……このバルロイさんが？」

「うん、このバルロイさんが」

「……想像出来ないなぁ……」

悠利の暴言一歩手前の発言も、無理もなかった。悠利の前では、バルロイはいつだって気の良《い》いお兄ちゃんである。それを言えば、指導係や訓練生もそういう感じではある。ただ、通常時でもキリリと戦闘をこなしそうな雰囲気のあるアリーやブルック、フラウなどに比べて、バルロイはのんびりとした雰囲気なのだ。

ちなみにバルロイは、典型的な戦闘時にスイッチが入って切り替わるタイプである。普段の気の良い兄ちゃんという感じのバルロイのイメージでいると、驚くぐらいの変わりようである。ただ、悲しいかな悠利の前でその「戦闘時限定の恰好良《かっこうい》いバルロイ」が現れることはないのでした。平和が一番。

そんな風に会話をしつつ、悠利は大量のウイングコッコの肉の使い道を決めた。大量の鶏肉《とりにく》があるのなら、これしかないだろうと勝手に決めた。メニューの決定権は基本的に悠利にあるので問題ない。

「これ、焼き鳥にして外で焼いて食べようか?」

「そのまま焼くの?」

「ううん。ちょっと手間だけど、串《くし》に刺して焼こうかなって。……手伝ってくれる?」

「頑張る!」

美味しいものが食べられるなら全力で頑張ると決意するレレイだった。バルロイもこくこくと頷いているが、その背後でアルシェットが大きなバッテンを作っていた。こいつ不器用だから、と首を振って訴えてくるアルシェットに、思わず苦笑する悠利だった。

「バルロイさんには、ミンチを作るのをお願いします。つくねにしようと思うと、ミンチにしないとダメなので」

「任せろ！」

「……アンタ、力任せにやり過ぎて、まな板壊すんやないで？」

「解った。手加減する！」

「そうしい……」

「バルロイさん、素直ですよねぇ……」

アルシェットの言うことに元気よく返事をするバルロイを見て、悠利はしみじみと呟《つぶや》いた。相棒のなせる業とでもいうのだろうか。バルロイは基本的にアルシェットの言うことに対して素直だ。多分それは、彼女が理不尽なことを言わないと信じているからだろう。付き合いの長さは偉大である。

「それじゃ、頑張って焼き鳥の準備をしましょうー！」

「おー！」

「任せろー！」

「せやな」

料理当番の見習い組がやってくれれば、人手も増える。大量のウイングコッコの肉を焼き鳥に仕上げる戦いが、始まるのだった。

その後、料理当番以外にも手空きの面々が手伝いを申し出て、皆で一生懸命に焼き鳥にするための準備を整えた。その結果、今、レレイとバルロイがせっせと焼いている焼き鳥が出来上がっているのだ。

ムネだけ、モモだけ、白ネギと一緒に刺したねぎま、皮、つくねなど色々と作ってある。味付けも、塩胡椒《しおこしょう》を施したもの、醤油《しょうゆ》ダレに漬け込んだもの、何も味を付けないで、各々手元で味付けをするものなど、様々だ。

白米とパンの準備も整っているし、付け合わせとして大量のレタスとプチトマト、塩キュウリも用意されている。とはいえ、メインは焼き鳥だ。ひたすらに焼き鳥を食べるのが本日の目的なのである。

「ユーリー、つくね焼けたよー！」

「ありがとー」

取りにおいでーと笑って呼びかけるレレイにお礼を言って、悠利はつくねを取りに行く。つくねは、醤油ダレを塗って焼いたものと、何も付けずに焼いたものがある。一応、下味として塩胡椒はしてあるので、そのままでも食べられる。

なお、バルロイと二人で焼き係を担当しているレレイは、皿の上に山盛り焼き鳥を積み上げていた。猫舌の彼女は、少し冷ましてからでないと食べられないからだ。その隣で、バルロイはばくばくと大口で焼き鳥を頬張《ほおば》っている。幸せそうに眉《まゆ》がへにゃりと下がっているし、耳も尻尾《しっぽ》も嬉しそうにぴこぴこと揺れていた。

肉の部分も美味《おい》しいが、皮ばかりを一つの串に刺してカリカリになるまで焼いたものも、また絶品である。シンプルに塩を振っただけで食べると、旨みを含んだ脂が口の中に広がって実にジューシーだ。焼き係をしなければならないので水を飲んでいるバルロイが、ちょいちょい「酒が欲しいなー」と呟く程度にはおつまみにぴったりの一品だった。

そんな二人に礼を言ってから座席に戻った悠利は、受け取ったタレのついていないつくねの上にピンクと赤の間ぐらいの色味のタレを塗っていく。ふわりと漂うのは酸っぱい香り。そう、叩《たた》いた梅干しに出汁《だし》と醬油を合わせた梅ダレである。それを焼いたつくねに塗って、悠利はあーんと口を開けた。

ぱくりと熱々のつくねを口に含む。新鮮な鶏肉のジューシーな旨みと、梅ダレのさっぱりした味が混ざって思わず笑顔になる。へにゃりと眉を下げて幸せそうな顔をして梅ダレつくねをもぐもぐと食べている。

「んー、梅ダレのつくね美味しいー」

「ユーリって、梅干し割と好きだよな？」

「うん。それに、酸味のあるタレとかで食べると、お肉がさっぱりするんだよねー」

「そういうもんか？　……こっちの醬油ダレのつくねも美味《うま》いぞ」

ご機嫌で梅ダレのつくねを食べている悠利の隣で、クーレッシュは醬油ダレのつくねを食べている。焼いたつくねに醬油ダレを塗り、そのままもう一度焼いて仕上げたものだ。醬油ダレがあぶられて、実に香ばしいのだ。

自分の食べている醬油ダレのつくねが美味しいことを伝えたクーレッシュに、悠利は笑顔で答えた。

「知ってるー」

「何で？」

「味見してるから」

「なるほど」

そう、悠利《ゆうり》は既に、醤油ダレのつくねを味見で堪能していた。タレの味付けがちゃんと出来ているかを確認するためだ。料理当番特権の味見である。

そんな二人の隣では、アルシェットがムネ肉を食べていた。こちらは醤油ダレにしっかりと漬け込んでから焼いてあるので、中まで味が浸透している。ムネ肉というのは焼くとぱさぱさしがちだが、ちっともそんな風になっていないので、アルシェットは不思議そうだった。

「アルシェットさん、どうかしました？」

「いや、これムネ肉の筈《はず》やのに、ぱさぱささせぇへんなと思って」

「繊維にそって切ると、割とぱさぱさしないらしいです。後、お酒に漬け込むのも良いとか言いますよね。醤油ダレにお酒が入ってるので、その効果もあるかもしれないですけど」

「……つくづく、アンタ料理好きやねんな……」

「はい」

アルシェットの言葉に、悠利はにこにこ笑って頷いた。悠利は料理を作るのが好きだし、それを誰かが喜んで食べてくれるのも大好きだ。だから、自分に出来る範囲で美味しく作ろうと頑張るのである。専門的に勉強したことはないけれど、日夜お家《うち》ご飯をより美味しく作れるように頑張っているのだから。

なお、焼き鳥に使わずに残った手羽の部分は、何一つ無駄にすることなく、後日ちゃんと調理して美味しく頂きました。

◇◇◇

《真紅の山猫》《スカーレット・リンクス》には、約二名、物作りを本業にしている訓練生がいる。ハーフリング族で細工師のロイリスと、山の民で鍛冶士《かじし》のミルレインだ。

彼らの本業はそれぞれ前述した通りなのだが、「自分が使う材料を自分で入手出来るようになる」という目的のために《真紅の山猫》に身を置いている。……え？　それは誰かに依頼して頼めば良いんじゃないか？　まぁ、そこら辺は一族や流派の方針というものがあるので、気にしないであげてください。

悠利には職人の大変さは解らない。けれど、他《ほか》の訓練生と同じように座学や武術、実践などの多くの訓練をこなしながら、工房へと足を運んで職人としての腕も磨き続ける二人のことは尊敬していた。どちらも悠利より年下なので、余計に頭が下がる思いなのだ。

とはいえ、そんなことを言えば彼らは不思議そうな顔で「何が？」と答えるだろう。ロイリスもミルレインも、その二足のわらじのような生活を別に苦だと思っていなかった。というのも、彼らの育った環境がそういう感じだったからだ。

職人としての自分と、材料を集める冒険者としての自分は矛盾しないらしい。ついでに言えば、鍛冶士であるミルレインには「自分の作った武器を使いこなす」という項目も追加される。職人の道は険しかった。

その二人は今、アジトのリビングで仲間達に囲まれていた。

「ロイリスー、この間はありがとう！　おかげですっごく可愛《かわい》くなったわ！」

「喜んでもらえて良かったです。でも、本職の方に頼まなくて良かったんですか？」

「え？　だって、ロイリスが彫ってくれるの綺麗《きれい》で好きなんだもん」

「……ありがとうございます」

満面の笑みで告げるヘルミーネに、ロイリスははにかみながら答える。自分は未熟だと思っているロイリスなので、こうやって真っ正面から褒められると照れてしまうのだ。

ちなみに、ヘルミーネがロイリスに頼んだのは、手持ちの品に模様を入れてもらうことだった。ロイリスは細工師であり、特に金属へ模様を彫る彫金というのを得意としている。なので、時折皆《みんな》に頼まれて模様を入れるのだ。

ヘルミーネが今回ロイリスに頼んだのは、彼女が普段使っている矢筒だった。金具の部分に、彼女のモノだと解るように模様を入れてもらったのだ。ロイリスの入れる模様は繊細で美しく、ヘルミーネの趣味と合っていたのである。

彫金をするにはデザインを考えるセンスが必要になる。ロイリスにはそのセンスがちゃんとあって、細やかな模様を得意としていた。その模様の美しさから、こうやって女性陣に細工を頼まれる

ことは多々あるのだ。

「本当に、ロイリスの彫金の腕は見事ですわよね」

「そんなことないですよ。僕なんて、まだまだ見習いですから」

「えー？　こんなに上手なのに、見習いなの？」

「はい。まだまだ、学ぶことがたくさんありますから」

「職人も大変なのね」

穏やかに微笑《ほほえ》んでロイリスを褒めたイレイシアであるが、ロイリスはそれを否定した。少なくとも、彼はまだ、細工師としては見習いである。その腕前は、ヘルミーネが言うように一定の熟練度には達成している。けれど、それでもまだ、彼にとっては足りなかった。

あんなに綺麗なのにーと呟くヘルミーネであるが、それ以上ロイリスに問いかけることはしなかった。温厚で真面目《まじめ》なロイリスが、折れる気配も見せずにきっぱりと言い切ったのだ。それが彼の本心だと解っているので、その意思を尊重したのである。

「ロイリスが見習いだとしても、わたくし、ロイリスの彫ってくださる模様が大好きですわ」

「イレイスさん……」

「優しくて、細やかで……。見る人に柔らかな感情を抱かせる模様ですもの。あの繊細な模様をしっかりと彫り上げることが出来る貴方《あなた》を、わたくしは尊敬します」

「ありがとうございます。嬉《うれ》しいです」

「お世辞ではありませんわよ？」

「解っています」

顔の前で指先を合わせ、見惚《みと》れるほどに美しい微笑みを浮かべてイレイシアがロイリスを褒める。その彼女の手首には、シンプルな金色のブレスレットが着けられていた。元々、飾り一つ無いただの輪っか状のブレスレットだったものに、ロイリスがぐるりと波をイメージした模様を彫り込んだのだ。休みの日になると、イレイシアは嬉しそうにそのブレスレットを着けている。

波、つまりは海を連想させるその模様をロイリスが刻んだのは、故郷を遠く離れているイレイシアから彼女が大好きな海の話を聞いたからだった。王都ドラヘルンは内陸で、海に繋《つな》がるモノが少ない。なので、少しでも慰めになればと模様を彫ることを申し出たのだ。

なお、寂しさを紛らわせる云々《うんぬん》以前の問題で、綺麗な模様が彫られたアクセサリーという段階でイレイシアの気持ちは上昇した。彼女も女の子である。普段は冒険者として過剰な装飾品は身につけないが、お洒落《しやれ》に興味はあるのだから。

「ロイリスの入れる模様って基本的に細かいけど、やっぱり流派みたいなのあるの？」

「ありますよ。モチーフに何を使うかとか、線の太い細いとかも、教わる師匠によって違ったりします」

「そうなんだ。じゃあ、ロイリスのお師匠様は繊細な模様を描くのが得意な人なんだね」

「逆です」

「「え？」」

それまでのんびりと美少女とロイリスのやりとりを眺めていた悠利が会話に参戦した。穏やかな口調のロイリスと、のほほんとした雰囲気の悠利。どちらも他者を和ませる雰囲気を持っているが、外見は幼児っぽいロイリスよりも、悠利の方がどこかぽわぽわした雰囲気を纏《まと》っている。多分、天然度合いの違いだと思われます。

会話の流れでロイリスの師匠に話が移る。学問や武術、芸術には流派がある。流派という呼び方をしないとしても、どんなことにもルーツのようなものは存在した。だからこそ、ロイリスの師匠も彼と同じことを得手にしているのだろうと悠利は思ったのだ。しかし、ロイリスの返答は否定だった。思わず、悠利だけでなく、イレイシアとヘルミーネも呆気《あっけ》に取られる。

ぽかんとしている三人を見て、ロイリスは困ったように笑った。笑って、そして、衝撃の事実を暴露する。

「師匠は、豪快な作風の方なんです。力強い彫りが得意で、なので自分の苦手な繊細な彫りを僕に学ぶように、と」

「……え？　お師匠様なのに、教えてくれないの？」

「基本的なことは教わりました。でも、模様の種類とかで言うと、僕と師匠は全然違いますね」

「…………そういう師弟関係ってあるものだっけ……？」

「さぁ……？」

「わたくしにも、ちょっと解りませんわ……」

ロイリスの言葉に、三人は困った。とても困った。何をコメントすれば良いのだろうかと思ってしまったのだ。

彼らの考える師弟関係では、師匠は自分の技術を弟子に教えて継承させる感じだ。ところが、今のロイリスの話では、彼と彼の師匠の作風はずいぶんと異なる。……まぁ、当人が気にしていないのだから気にしたら負けかと思う悠利だった。

気を取り直したようにロイリスが「試作品なんですけど……」と取り出した掌《てのひら》サイズの金属の板に、三人で見入る。ロイリスらしい、繊細で美しい模様がそこに刻まれていた。新しい模様を考えている最中なのだという。なので、皆の意見を聞いているのだ。ロイリスは勤勉だった。

そんな風にのんびりと穏やかな悠利達の付近では、ミルレインとクーレッシュ達が色々と雑談を交わしていた。訓練生達が仲良く会話をしている光景は微笑ましいが、あぐらをかくようにして座っているミルレインの正面に武器が並べられているのがちょっとばかり温度差を感じさせる。しかも彼女の表情は真剣だった。

ミルレインは鍛冶士見習いである。そして、彼女は己の修練の一環として、友人である訓練生達に作った武器の試作品を渡して使用感を確認して貰《もら》っていた。勿論《もちろん》、「作った武器は己が使いこなせてこそ」という信条の一族出身のミルレインは、自分で武器を取って戦える。しかし、彼女にとって重要なのは使ってくれる誰かの感想だ。自分の意見だけでは良い武器は作れないと思っているのだ。

「刃渡りとか切れ味とかは特に問題なかった。まぁ、俺は刃物メインで戦うわけじゃないから、あくまでも補助程度だけどな」

「そうですか。何か気になったところはありますか？」

「しいて言うなら、持ち手だな。滑らないようにしてくれてるのはありがたいが、ちょっと俺の手には太かった」

「了解。参考意見に加えます」

「おう」

ミルレインの前に置かれているナイフを指さしながらクーレッシュが自分の感想を伝えると、彼女は一言一句聞き逃すまいとするようにして受け止める。小さな手帳を取りだして、そこにクーレッシュが伝えた内容を細かく書き付けるミルレインの表情は、それだけで彼女の本気度を伝えてくれた。

次に口を開いたのは、アロールだった。今日も相棒の白蛇ナージャが首に巻きついている。アジトの掃除を担当しているルークスは悠利の側《そば》を離れることがあるけれど、ナージャがアロールの側を離れることはあまりない。なので、アロールの首にナージャが巻きついていることに慣れた皆は、何一つ気にしていなかった。……普通に考えたら、蛇を首に巻き付けた十歳児というのは不思議な存在だろうが、ここでは日常だった。

「ミリー、これ、もう少し薄く出来ない？」

「薄く……？　これ以上刃を薄くしたら強度が下がる」

「それは解るけど、僕は暗器として使ってるから、かさばると不便なんだ」

「いや、言いたいことは解るけど……」

小振りの薄型ナイフを指差しながらアロールが要望を口にすると、ミルレインは困ったように眉《まゆ》を寄せた。彼女がアロールにテストを頼んだナイフは、暗器として忍ばせることを目的とした薄型のナイフだ。既に、出来る限り刃も持ち手も薄く仕上げ、邪魔にならないようにと細心の注意を払っている。

刃物というのは、薄ければ薄いほど折れやすくなる。別に刃物に限ったことではないだろう。しなる素材でもない限り、薄くすればするほどに脆《もろ》くなるのは当たり前だ。

アロールも勿論それぐらい解っている。解っているが、それでも、小柄な十歳児としては少しでも重量を減らして身動きしやすくしたいのだ。出来たらで良《い》いけど、と付け加える言葉は若干申し訳なさそうではあった。

「十分薄いと思うけどなぁ。市販のやつより、持ち手とか薄く細く仕上げてあるじゃん」

「それは僕だって解ってるよ。ただ、それでもマントの内側に仕込むから、少しでも軽量化出来るならその方が良いなって話」

「マントじゃなくて服の方に仕込んだらどうだ？」

「マントの方が、取り出しやすいんだよ」

アロールが使っている薄型ナイフを手にとって、クーレッシュはしみじみと呟《つぶや》く。彼の目から見ても、実際手にとって触ってみても、それはミルレインの努力の結晶のように随分と小型で軽量化されている。刃の部分も持ち手の部分も、薄く軽く作ってくれているのだ。

アロールとクーレッシュが二人で言葉を交わしている間に、ミルレインはナイフを手にとって真剣な顔で考えていた。やがて、結論が出たのか彼女はゆっくりと口を開いた。

「解った。出来るか解らないけど、鋼の配合を変えて挑戦してみる。持ち手も良さそうな素材がないか考える」

「……ごめん。ありがとう」

「いいって。こっちも、そういう難しい課題を出して貰う方が修業になるし」

「おーおー、さっすがミリー。向上心の塊だな」

強い決意を見せるミルレインに、アロールは申し訳なさそうに頭を下げた。その彼女の背中に軽くのしかかるようにしながら、クーレッシュがカラカラと笑う。からかっているのではなく、真面目に考えて沈みそうなアロールの気分を引き上げるためである。

その証拠に、アロールは「邪魔」と素っ気なく言い放ちながらクーレッシュを振り払う。じゃれ合う二人のやりとりは、クーレッシュが上手に距離を取るので険悪にはならない。それが解っているのか、ナージャも特に威嚇はしなかった。……この白蛇はアロールの保護者のようなものなので、彼女に危害を加える相手には容赦をしないのだ。

「皆いいなー。あたしもミリーに武器作ってもらいたーい」

三人の会話をそれまで大人しく聞いていたレレイが、ぷぅと頬《ほお》を膨らませて訴える。しゃがみ込み、ミルレインと視線を合わせながら、である。そういった子供っぽい仕草が不思議と似合ってしまうのがレレイだった。

そして、そんな彼女に返されたのは……。

「「………」」

「何で三人とも目を逸《そ》らすの⁉」

微妙な沈黙と共に、示し合わせたかのように視線を明後日《あさって》の方向に逸らす三人だった。なお、彼らは悪くない。レレイも悪くないかもしれないが、とりあえず、目を逸らす以外に何も出来なかった三人も悪くないのだ。

ミルレインだって、別にレレイを仲間外れにしたいわけではないのだ。彼女はちゃんと、レレイのことだって大切な仲間だと思っている。いつか、自分が作った武器をテストして貰いたいと思っているのだ。そう、いつか。

それは、あくまでもいつかであって、今ではないのだ。

「レレイさん……」

「何、ミリー？」

「アタイだって、レレイさんにも試作品を使ってほしいと思ってます」

「だったら、あたしにも、」

「でも！　今のアタイには、レレイさんが壊さない武器を作る自信が無いです！」

自分にも武器をくれとレレイが重ねて言う前に、ミルレインは食い気味に叫んだ。その叫びは、とてもとても切実な叫びだった。クーレッシュとアロールは慰めるようにぽんぽんとミルレインの肩を叩《たた》いていた。

レレイがその場でしょぼんと肩を落とす。その姿は可愛《かわい》らしいが、ミルレインが叫んだ理由を否定しないあたり、やはり彼女の戦闘能力は高かった。……馬鹿力《ばかぢから》とも言う。

「そりゃ、アタイだって獣人向けの武器を作ることは出来ます。でも、レレイさんは獣人じゃないから、獣人用じゃ手を痛める可能性があります。逆に、人間用だとレレイさんの力に耐えきれずに武器の方が壊れます」

「……うぅ」

「その辺りの調整をしながら作れば良いと言えばそれまでだけど、未熟なアタイじゃ、レレイさんへの負担がどうなるかも解らないです」

自分なりの主張をミルレインが並べれば、レレイは小さな声で唸《うな》ってそのまま動かなくなった。言われている内容が正しすぎて、何も言えなくなったのだ。

クーレッシュとアロールが、今度は左右からレレイの肩をぽんぽんと叩いた。慰めているように見えるが、次の瞬間彼らは示し合わせたように口を開いた。

「つまり、お前がその馬鹿力を制御出来るようにならないとダメってことだろ。頑張れ、レレイ」

「努力するだけはしてみれば良いと思うよ。そのうち出来るようになるんじゃない？」

「おー、アロール辛口ー」

「そりゃね。戦闘中に考えて行動するとか苦手じゃない？」

「苦手だなぁ。もちっと頭使って頑張れよ」

「そうだね。たまには頭使って戦えば良いと思うよ」

「二人してヒドい‼」

仲間は容赦がなかった。

普段からレレイと行動を共にすることが多いクーレッシュは実体験として、アロールは元々ずばずば切り込むタイプだ。あたしだって頑張ってるもん！　と叫ぶレレイの主張など、二人は右から左へと聞き流していた。

「何騒いでるの？　っていうか、レレイどうしたの？」

「うわーん、ユーリー！　クーレとアロールがヒドいんだよー！」

いきなりギャーギャー騒ぎ始めたのが気になったのか、悠利《ゆうり》がこちらへやってきた。途端に、天の助けとばかりにレレイが泣きつく。きょとんとしていた悠利だが、平然としているクーレッシュとアロールを見て、肩をすくめるミルレインを見て、何かを悟った。

「……うん。一応話は聞くけど、聞く前から二人の言い分の方が正しそうだなって思っちゃうよね」

「ユーリまで!?」

「正解ー」

「当然」

「ヒドいよ！」

何だかんだで普段から一緒にいるので、悠利はレレイのことをそれなりに解っていた。それに、クーレッシュやアロールが、理不尽な理由で彼女を咎《とが》めることがないことも知っている。なので、悠利の中でも軍配は二人に上がるのだった。

そして、詳しい事情を聞いた悠利は、遠い目をした。レレイがヒドいでしょと訴えるのを右から左に聞き流す。聞き流して、その後にいつも通りの優しい笑顔を浮かべて、ぽんとレレイの肩を叩いた。

「レレイ、力の制御頑張ろうね。それがきっと近道だから」

「やってるよ⁉　あたしだって頑張ってるよ⁉」

「うん。レレイが頑張ってないとは言わないよ。でも、ミリーの武器が持ちたいなら、もっと頑張らないとダメってことだよね？」

「うぐぐ……。……頑張る……」

「うん、頑張って」

必死に訴えるレレイに動じることなく、悠利は笑顔で彼女を宥《なだ》めた。優しい言葉で諭されたレレイは、しょんぼりと肩を落としつつも素直に答える。

その光景を見て、アロールがぼそりと呟いた。

「アレどう見てもただの母親」

「今更だろ」

「今更だと思う」

ぼそぼそと言い合う三人。幸か不幸か、彼らのそんな会話は悠利とレレイには聞こえていないのでした。

そんなわけで、《真紅の山猫《スカーレット・リンクス》》の物作りコンビは、自分達に出来ることを日々一生懸命に磨いているのです。勿論、仲間達の助けも借りながら。それでこその、仲間です。

閑話一　お礼品は様々な食材でした

「わー、何が入ってるのかなぁ……！」

うきうきわくわくといった風情で悠利は届けられた荷物を見ていた。大きな箱である。中の品物が壊れないように、随分と頑丈な箱だった。これは、先ほど悠利宛《あて》に届いた荷物である。《真紅の山猫》に、ではない。悠利以外の誰か宛の荷物でもない。正真正銘、悠利に届けられた荷物なのだ。

「……随分とデカい箱で届いたな……」

「何が入ってるか楽しみですね！」

悠利の隣で箱を見ていたアリーがぼそりと呟く。そんなアリーに、悠利は満面の笑みを浮かべた。子供がプレゼントに大はしゃぎしているのと全く同じ反応だった。

台所の作業台の上に、どーんと置かれた頑丈な箱。別に危険物が入っているわけではないのは解っている。解っているがそれでも、こんな大きな箱で届くとは思わなかったのだ。ミカン箱より一回りは確実に大きかった。

「……いや、楽しみにしてるのはお前だけだろ」

「えー。だって、中身食材ですよ？　楽しみじゃありません？」

「だから、食材でそこまで大喜びするのはお前だけだ」

「そうですか？」

呆《あき》れたように告げたアリーに、悠利はきょとんとしている。彼にとって、食材が届くというのは一大イベントだった。まして、普段お目にかかれないかもしれない珍しい食材が入っている可能性があるとなれば、それはもう福袋とかと同じレベルでうきうきわくわくである。

しかし、アリーの発言にも一理ある。《真紅の山猫》のメンバーで、調理前の食材（それも使ったことが無いであろう食材が入っているのは確定している）を貰《もら》って、手放しで大喜びするのは悠利ぐらいだ。食べられるようになっている加工品ならば他《ほか》の面々も喜ぶかもしれないが。

ちなみに、何が届いたのかと言うと、お礼の品物である。

悠利が建国祭の時にドレスのリメイクをしてあげたお嬢さん。彼女の父親は食品関係の商売をやっていて、珍しい食材をお礼に送ってくれたのだ。金銭だと悠利が恐縮してしまうので、物として届けられたのである。

……とはいえ、この箱の大きさを考えると、それなりのお値段になりそうだ。もっとも、可愛い娘の悩みを解決してくれた親切な少年へのお礼ということで、差出人側も大喜びで奮発していたっぽいのだが。

何故《なぜ》かというと、届けに来た使用人がそんな風に話をしていたからだ。お嬢様が喜んでいて、それを見た旦那《だんな》様も喜んでいたと言っていたのだ。ちょっとお手伝いしただけだと思っている悠利は大袈裟《おおげさ》だなぁと思ったけれど、お礼の品物はありがたく受け取ったのだ。

「それじゃ、開けますねー」

うきうきで箱を開封していく悠利の頭には音符が飛んでいた。そりゃもううきうきだ。何が入っているんだろうとわくわくしている。中に入っているのが食材だと解っているので静観しているアリーであった。

そして開けた箱の中には、個別に包装された食材が色々と入っていた。流石《さすが》に肉や魚介などの生ものは入っていなかったが、野菜や乾物などが大量に入っている。見た瞬間に、悠利の顔がぱぁっと輝いた。

「うわぁ、いっぱいだー」

「こりゃまた、産地がバラバラだな……」

「そうなんですか？」

「あぁ。あちこちから集めた食材を詰めてある感じだな」

大喜びで一つ一つ取りだしている悠利の隣で、アリーが呆れたように呟《つぶや》いた。その呆れは、悠利にこの食材詰め合わせを送ってきた差出人に向けられている。普通に買いそろえようと思ったら手間が凄《すご》いことになる代物である。

もっとも、仕事として取り扱っているからこそ、産地バラバラ詰め合わせが実現したのだろうが。手に入る商品の中で良さそうだと思った物を、産地も値段も気にせずに詰め込んでくれている感じがした。

「お値打ちパックだ！」

「……何だそりゃ」

そんなアリーの説明を聞いて、悠利は顔を輝かせて叫んだ。意味が解らずにツッコミを入れるアリーだが、既に悠利は話を聞いていなかった。ちなみに、悠利の言うお値打ちパックというのは、お買い得品詰め合わせみたいなニュアンスである。値段以上のお得感があるもの、という認識だ。実際、自分で買い集めようとすると送料や手間賃が大変なことになるので、商品代以上にお得感がある詰め合わせだった。

取りだした食材を、悠利は作業台の上に並べていく。一つ一つ丁寧に包装を剝《は》がし、【神の瞳《ひとみ》】さんで鑑定して保存方法を確かめながら、分類する。冷蔵庫に入れた方が良いもの。常温保存で良いもの。常温で良いが冷暗所に保管した方が良いもの。一口に食材と言っても、保存方法は様々なので、確認はとても大事なことだ。

……まぁ、最終手段は、魔法鞄《マジックバッグ》になっている悠利の学生鞄《かばん》に放《ほう》り込むという感じだが。時間停止機能が付いているので、そこに放り込んでしまえば、生ものだろうと熱々の料理だろうと、取りだすときまでそのままである。規格外にもほどがある。

「あ、フォーだ」

「……麺類《めんるい》か……？」

取りだした乾麺を見て悠利が感嘆の声を上げた。半透明の麺が丁寧に瓶詰めされていた。そこまで細くはなく、若干平麺みたいになっている。一番太さが近いのは、細うどんかもしれない。

勿論《もちろん》悠利は、見た目だけでそれが何かを判断したのではない。ちゃんと【神の瞳】で鑑定してから口を開いている。なので、間違いなくそれはフォーだった。ベトナム料理として知られるフォーで間違いない。

そして、傍らのアリーの反応から彼がフォーを知らないと理解した悠利は、にこにこ笑顔で説明を口にした。

「はい。米粉で作った麺ですよ。そういう意味ではライスの親戚《しんせき》になりますかね？」

「……なるか？」

「材料が同じなら親戚かなって。味噌《みそ》と醤油《しょうゆ》も親戚みたいなものだし」

「お前、割と適当だろ……」

悠利の説明に、アリーは溜息《ためいき》を吐《つ》いた。まぁ、細かいことを気にしたら負けである。相手は悠利なのだから。

とりあえず、フォーを脇《わき》に避《よ》けておいて次の食材に手を伸ばす。ごろりと大きなそれは、スイカぐらいの大きさだった。ちょっと重たいので、両手で抱えて持ち上げようとする悠利。……見かねてアリーが代わりに箱から取りだしてくれた。

ごろんとした薄い黄緑色の物体。スイカのように丸々としたそれが何か解らなかった悠利であるが、鑑定して驚いたように声を上げた。

「え？　これ、ズッキーニなの？」

「あ？　ズッキーニはキュウリの太いやつみたいな形じゃねぇのか？」

「でも、これ丸形のズッキーニらしいです。……物凄《ものすご》く大きいのは、これがそういう品種だからみたいですけど」

丸形かぁと悠利は感心したように呟いた。ズッキーニと言えば、アリーが言うようにキュウリの親戚みたいな形をしているものを想像する。しかし、実はズッキーニには丸形も存在しているのだ。とはいえ、こんな風にスイカみたいなサイズになっているのは珍しい。どうやら異世界食物なので、地球とは大きさも違うらしい。ちなみに、日本でお目にかかれるズッキーニはカボチャぐらいの大きさだったりする。流石にスイカ並みのものは売ってないと思います。

「面白いですねー」

「……お前にしてみればおもちゃ箱みたいなんだなと、今理解した」

「え？」

「いいから、さっさと中身の確認を終わらせちまえ」

「はーい」

色々と得心がいったらしいアリーに不思議そうに首を傾《かし》げた悠利だが、促されて素直に中身の確認に戻った。もう、心はこの大量の食材をどんな料理にしようかという方向に吹っ飛んでいる。実に解りやすい悠利だった。

そんなこんなで大量の食材をそれぞれ正しい保管場所に片付けた悠利は、ご満悦だった。物凄く嬉《うれ》しそうだった。今すぐ使わなければいけないような食材はなかったので、普段の食事に少しずつ使っていこうと思っている。

「ところで、何でアリーさん一緒にこの中身を見てたんですか？」

「念のためな」

「ん？」

「一応何が入ってるか確認しておいた方が良《い》いかと思っただけだ」

「そうなんですか？」

　アリーの言い分がいまいちよく解らなくて首を傾げる悠利《ゆうり》だった。ちなみに、アリーが何でそんなことをしていたかと言えば、悠利の暴走を警戒してである。後、無いとは思うが妙なものが混入されていないかを警戒してというのもある。

　ちなみに、この場合の妙なものというのは、変わり種食材のことではない。簡単に言うなら、ややこしいことが書いてあるお手紙とか、時代劇で言うところの黄金色の菓子みたいなもののことだ。保護者なので、万が一があっては困るということで一緒に確認していたのだった。

　その心配が杞憂《きゆう》に終わったので、アリーは仕事に戻るために去って行く。結局、彼が何をしたかったのかは、悠利にはさっぱり解らないままだった。考えても考えても全然解らなかったので、悠利は考えるのを止《や》めた。

「よし、今日のお昼はフォーにしようっと」

　今日のお昼はアリーと二人きりなので、メニューは悠利の食べたいもので良いと言われている。なので、お礼品の中に入っていたフォーを食べようと思ったのだ。

　フォーは米粉で作った平麺で、麺自体にそこまで味はない。米粉と水で作られているのだから当然とも言える。また、スープの味付けも様々な種類があるので、店によって味が違ったりするのだ。

悠利はちゃんとしたお店でフォーを食べたことはない。ただ、屋台飯のような感じで一度食べたのと、カップ麺のフォーを食べたことがあるだけだ。その時に感じたのは、麺に癖がないので色んな味付け、色んな具材で食べられそうだなということだった。

なので、これから悠利が作るのは、「多分この味付けで美味《おい》しいと思うから作ってみた」という、全然元の料理に忠実じゃないお家《うち》ご飯のフォーである。細かいことを気にしたら負けです。少なくとも、乾麺を手に入れて自分で適当に作ってみて美味しかった記憶はあるので、そのノリだ。

「鶏《とり》ガラか牛骨かどっちにしようかなー。うーんと、ビッグフロッグの肉が残ってるから鶏ガラにしようっと」

頭の中で冷蔵庫の中身を思い出しながら、悠利が出した結論は鶏ガラ風味のフォーを作ることだった。ビッグフロッグの肉は鶏モモ肉のような味わいなので、鶏ガラスープとの相性がとても良いのだ。フォーと言えば上に肉が載っているイメージがあったので、そっち方面で作ろうと思ったのだ。

勿論、海鮮スープに魚介が載っているものもある。ただ、生憎《あいにく》と使えそうな魚介が冷蔵庫になかったので、今日は鶏ガラに落ち着いたわけである。

「えーっと、乾麺のフォーは茹《ゆ》でる前に水で戻しておく方が美味しいんだっけ……？」

この世界のフォーがどういう作り方なのか解らないのでもう一度【神の瞳】さんでチェックをしてみると、先ほどは特に出なかった悠利の欲しい情報がぱっと表示される。

――フォー（乾麺）

米粉と水で作った麺。生麺も存在するがこれは乾麺なので保存に適している。

原産地では主食として食べられており、様々な味付け、具材で楽しまれている。

直接茹でても食すことは出来るが、茹であがりに食感の違いが残りやすいので、あらかじめ水かぬるま湯に浸して戻しておく方が美味しく食べられます。

時間は、水ならば一時間～一時間半、ぬるま湯ならば三十分～四十分が目安です。

今日も【神の瞳】さんは絶好調だった。多分、鑑定系最強のチート技能《スキル》としては色々と間違っているのだが、所有者の悠利にとってはそんなことはどうでも良い。むしろ、とてもお役立ちの助かる技能だった。きっと、所有者に合わせてアップデートされているに違いない。

「ぬるま湯の方が早く出来るみたいだし、ぬるま湯に浸《つ》けておこうっと」

家で作っていたとき、乾麺をそのまま直接茹でたときの微妙な失敗を繰り返さないようにしようと思う悠利だった。自分一人が食べるならちょっと失敗しても良いが、今日はアリーも一緒なので一手間かけてちょっとでも美味しく仕上げようと考えているのだ。

ぬるま湯を作るためにお湯を沸かしている間、乾麺を流水で洗って軽く汚れを落とす。深めのボウルに乾麺を寝かせるように入れると、水とお湯を合わせて作ったぬるま湯をひたひたになるまでかける。しっかりとフォーが全部浸かったのを確認したら、しばらく放置でスープや具材を作る作業に入る。

スープのためのお湯を沸かし、その隣で茹でるためのお湯も沸かしておく。茹でるまでにはまだ時間がかかるが、あらかじめお湯を沸騰させておくと後が楽なのだ。

「鶏ガラスープと、塩と、お酒で味を調えてーっと」

沸騰したお湯に酒、塩、鶏ガラの顆粒《かりゅう》をぽいぽいと放り込んで、味を確認する。イメージは透明なスープなので、醤油はあえて入れない。スープの味が調ったら、そこに刻んだエノキとしめじを追加する。本場では入れないかもしれないが、悠利の中では出汁《だし》が出るのでキノコを入れるのは普通だった。

……まぁ、ある程度お察しかもしれないが、悠利はフォーを作っているというよりは、ラーメンやうどんの延長でアレンジを加えて作っている。お家ご飯は美味しければ良いのです。多分。

スープにキノコの旨みが出るのを待っている間に、ビッグフロッグの肉を食べやすい大きさにそぎ切りする。そぎ切りにした方が薄くなるので、火が通りやすいのだ。塩胡椒《しおこしょう》と酒を軽く揉《も》み込むと、そのままフライパンに並べてじっくりじわじわと蒸し焼きにする。何となくイメージしている完成形に、肉を蒸したものを使いたかったので、好みの味付けで蒸している悠利だった。彼は今日も自由である。

続いて、タマネギを薄くスライスしていく。これは生のまま麺の上に載せて、熱いスープをかけることでしんなりさせる作戦だ。こちらもうろ覚えで生っぽいタマネギが載っていたような気がしたからである。同じようにネギも刻んでおく。

ついでに、水洗いしたもやしをさっと茹でて具材の追加だ。これで、ビッグフロッグの蒸した肉、タマネギ、ネギ、もやしと盛りつける具材が揃《そろ》った。スープにキノコが入っているので、バランスとしては問題ないだろう。

ただ、彩りが少し寂しいなと思ったので、細切りにした人参《にんじん》をスープの中に追加する。やはり、人参の鮮やかなオレンジは食欲をそそる彩りにぴったりだった。

「さてと……。そろそろ戻ったかな？」

スープと具材の準備を終えた悠利は、ボウルに浸けたままだった乾麺のフォーを確認する。そこには、最初の状態とは違う、ふにゃりと軟らかくなったフォーが水に浮いていた。半透明のぷよんぷよんとした平麺になっている。

「うん。これなら大丈夫そう」

満足そうに笑うと、悠利はお湯を入れた鍋《なべ》のコンロを中火にする。一度沸騰した後、弱火で熱を入れられていた鍋の中身は、すぐにぽこぽこと沸騰を始めた。それを確認すると、悠利はそこにぬるま湯で戻したフォーを放り込む。

一度ぬるま湯に浸して戻したフォーなので、茹で時間は短縮されている。既に十分軟らかいので、一、二分で十分だ。茹で上《あ》がったら、流しの中に置いたザルの上にあげて水を切る。そのまま、流水でさっと洗って完成だ。

「キュイー？」

「あ、ルーちゃん、お掃除終わった？　それなら、アリーさんを呼んできてもらって良いかな？」

「キュピー！」

そろりと食堂スペースから覗《のぞ》き込むようにして悠利を呼んだのはルークスだった。今日も元気にアジトの掃除を頑張っていたのだ。そんなルークスは、大好きな悠利からの頼み事に張り切って廊下へと出て行った。頼りになる従魔である。

アリーを呼びに行ってから盛りつけようと思っていた悠利だが、ルークスがその役目を引き受けてくれたので二人分のフォーを盛りつけ始める。

茹で上がったフォーを二人分の器に盛りつけ、タマネギ、もやし、ネギ、ビッグフロッグの蒸し肉を並べる。そして、その上から熱々のキノコと人参の入ったスープをかけたら出来上がりだ。

なお、ルークスの分も同じように盛りつけてみた。喜ぶかどうかは解らないが、熱いものでも気にせず食べるルークスなので、せっかくだからと同じメニューにしてみたのだ。……勿論《もちろん》、いつものように生ゴミの処理はお願いするつもりだが。

「キュキュー！」

「ルーちゃんお帰りー」

「悪い、待たせたか」

「いえ、出来上がったところです」

ぴょんぴょんとご機嫌なまま跳ねてくるルークスに、悠利はにこにこと笑う。その後を追うように入ってきたアリー。食堂のテーブルの上には、二人分のフォーが準備されていた。

「……これは、さっき見てた乾麺《かんめん》か？」

「そうです。正しい味付けとかは知らないんで自己流なんですが、せっかくなので使ってみました」

「まぁ、お前が作るもんで食えねぇほど不味《まず》いもんはねぇだろ」

「えー、僕だって失敗することありますよー」

過大評価ですよーと笑う悠利を見て、アリーは溜息《ためいき》を一つ。自分を知らないというのは本当に恐ろしい。料理の技能《スキル》レベルが65とかなのに、相変わらず悠利にはその自覚は無かった。まぁ、だからこそ悠利とも言えるのだが。

ルークス用に作ったフォーは足下にそっと置き、熱いから気を付けてねと伝える悠利。スライムなので暑さ寒さにある程度強いルークスだが、悠利の忠告に素直に従いこくこくと頷《うなず》いていた。

「あ、食べにくかったらスプーンの上に載せて食べてください」

「そういう食べ方なのか？」

「そうだったような気がするんですけど、違うかもしれません。でも、スプーンに載せて食べるのも食べやすいから良いかなって」

「お前本当に適当だな……」

「美味しく食べられたらそれで良いかなーと」

呆《あき》れたようなアリーに、悠利はへらっと笑って答えた。だがしかし、それは真理だ。間違いなく正しい。ご飯は美味しく食べてこそ、である。

手を合わせていただきますと唱和して、二人揃って食事を開始する。彼らの足下では、同じように身体《からだ》の一部を掌《てのひら》に見立てて唱和したルークスが、器の端っこにのしかかるようにしてフォーを食べていた。ちゅるちゅると器の中身がどんどん吸い込まれていた。

アリーに伝えた通り、悠利は大きめのスプーンにスープと具材、フォーを載せるとそのまま口へと運んだ。ラーメンやうどんのようにすすって食べるのも良いが、こうやってスープや具材と一緒に口に運ぶと旨みが広がって美味しいのだ。

あらかじめぬるま湯で戻したフォーは、もちもちとしていた。以前、戻さず乾麺を直接茹でて作ったときとは違う、弾力のあるフォーである。そのもちもちの麺が、シンプルなスープと実によく合った。

「もちもち美味しぃー」

「こりゃまた、パスタともうどんとも違う食感だな」

「お口に合いません？」

「いや。美味《うま》いのは美味い」

「それなら良かったです」

その答えがお世辞でない証明のように、アリーは黙々とフォーを食べる。そんなアリーを見ながら、悠利は蒸したビッグフロッグの肉を箸《はし》で摘まんだ。そぎ切りにした肉を蒸してあるのだが、良い感じの仕上がりだった。硬すぎず、軟らかすぎず、味付けは塩胡椒と酒の風味だけだがシンプルで美味しい。その肉をスープと一緒に食べるとまた、格別だった。

薄くスライスしたタマネギはスープの熱でくたりとなっているが、生特有のピリッとした辛みを失ってはいない。キノコや人参、もやしの優しい味の中で、そのタマネギの辛さが味を引き締めてくれていた。

「これは肉を載せるのが普通なのか？」

「色々あるみたいです。魚介のもあるみたいなので、今度はそれで作ってみようかなーと」

「そうか。イレイシアが喜ぶな」

「はい。イレイスは魚介類大好きですし。それに、肉より魚介の方が食べやすい人もいるかもしれませんしね」

にこにこと悠利《ゆうり》は笑う。いただいたフォーは大量にある。まだまだこれから、色々な味付けを試していけると解って、うきうきなのだった。

ちなみに、数日後にスープとして提供したところ、もちもち食感が皆《みんな》に好評でした。美味しいは正義！

第二章　物作りコンビと職人さん達のアレコレ

「ユーリ、僕らこれからレオーネさんの店に行くけど、どうする？」

「え？」

不意に声をかけられて、悠利はきょとんとしながら視線をそちらに向けた。そこにいたのはアロールとロイリスの二人だ。珍しい組み合わせだけでなく、その発言内容も踏まえて悠利は首を傾《かし》げた。

今日は、定期的に訪れる、もとい、皆に言われて強制的に与えられる、悠利の休日である。家事一切を禁止され、大人しく休息しろと言われるという、悠利にしてみると何をして良《い》いのか解らなくなる日でもあった。……彼は家事全般が趣味なので、それを取り上げられると途端に時間を持て余してしまうのだ。

首を傾げている悠利に、アロールは嚙《か》んで含《ふく》めるように口を開いた。

「だから、僕らは仕事で行くけど、ユーリが暇なら一緒に行かないかって聞いてるの」

「ユーリくん、レオーネさんと親しかったでしょう？　だから、一緒にどうかなって話をしてたんです」

「二人は同じ仕事なの？」

「違う」

「違いますよ」

二人の仕事の内容はさっぱり解っていないが、仕事で向かうなら自分は邪魔になるのではないか、と言いたげな悠利だった。けれど、アロールもロイリスも一緒に行こうと誘ってくる。アロールの首に巻きついた状態の白蛇ナージャも同じくだ。

「え？」

不意に、ぽよんと何かが悠利の足に触れた。ふくらはぎに優しく触れたのは、スライムであるルークスの弾力のある身体だった。ぽすぽすと甘えるように悠利の足にすり寄りながら、じぃっと大きな瞳《ひとみ》で見上げている。その瞳はキラキラと期待に輝いていた。

何が起きたのかよく解らない悠利は、目を輝かせるルークスが、時折視線をアロールの方に向けていることに気づいた。正確には、アロールの首に巻きついているナージャにである。

「……あぁ、ルーちゃん、ナージャさんとお出掛けしたいんだ？」

「キュウ！」

「……シャー」

「ナージャ、ちょっと黙ってて」

憧《あこが》れの従魔の先輩であるナージャが出掛ける先へ自分も出掛けたい。誘われているなら、自分も一緒に連れて行ってほしい。ルークスのキラキラおめめの理由は、多分それである。悠利の問いかけにその通りだと言いたげに跳ねているので間違っていないだろう。

なお、クールなナージャは面倒くさそうに息を吐いていた。アロールが宥《なだ》めるようにその頭を叩《たた》きながら黙らせたので、多分それは文句か何かだったのだろう。もしかしたら、自分についてくるなとか、主人の側《そば》にいろとか、そういうツッコミだったのかもしれない。アロールが通訳してくれないので、悠利には正しい意味は解らなかったが、何となく雰囲気がそんな感じだった。

しばらく考えて、悠利はルークスの頭を撫《な》でた。普段滅多に我が儘《まま》なんて言わないルークスが、おねだりをしているのだ。アロールに主人バカと言われる程度にはルークスが可愛《かわい》くてルークスに甘い悠利だ。下す決断は決まっていた。

「邪魔じゃないなら、僕とルーちゃんも一緒に行こうかな。仕事の話の間は、お店の中見てるし」

「了解。それじゃ、ユーリも一緒に行こう。……ナージャ、だからルークスを威嚇するなって」

「あはははは……」

悠利の申し出をアロールが了承した瞬間、ルークスはアロールの前へと移動した。そして、頭上を見上げながら何度も何度も頭を下げた。先輩、ご一緒させていただきます！　みたいな挨拶《あいさつ》なのだろう。……なお、それに返されたのは威嚇混じりの空気の音だった。すかさずアロールがツッコミを入れるが、ナージャはどこ吹く風である。

しかし、ルークスは全く気にしていなかった。憧れの先輩と一緒にお出掛けが出来るだけでうきうきらしい。それに、ナージャはこうやって時々素っ気ないが、ルークスに色々なことを教えてくれる頼りになる先輩でもあるのだ。クールな先輩と天真爛漫《てんしんらんまん》な後輩という従魔コンビなのだった。

そんなわけで、悠利とルークス、アロールとナージャ、そしてロイリスという三人＋二匹というメンバーで、調香師レオポルドが店主を務める香水屋《七色の雫《しずく》》へと向かうのだった。……すれ違う人々が微笑《ほほえ》ましい表情で見送る程度には、子供が三人お使いにでも行くような雰囲気に見える悠利達なのでした。

慣れた王都の道であるし、従魔が二匹もいるので、特に問題が起こることもなく店に到着した。扉を潜《くぐ》って店内に入ると、今日は店主が一人で店を切り盛りしているらしく、売り子の女性店員の姿はなかった。

「レオーネさん、頼まれてた仕事の件で来ました」
「お邪魔します、レオーネさん。ご注文の品のサンプルを持ってきました」
「アロールちゃんにロイリスくん、いらっしゃい。ごめんなさいねぇ。わざわざお店まで来て貰《もら》っちゃって。時間は大丈夫かしらぁ？」
「「大丈夫です」」

扉が開いた瞬間に意識はこちらへ向けていたのだろう。アロールとロイリスの呼びかけに、店主レオポルドはすぐさま反応した。今日も相変わらず輝かんばかりに麗しい美貌《びぼう》で、華やかな極上の笑みを向けてくれる。

まだ少し苦手意識が残っているのか、アロールもロイリスもぺこりと頭を下げる姿は少々ぎこちない。それでも、失礼にならない程度に挨拶がきちんと出来ているので及第点だろう。オネェは自分が奇抜であることは解っているので、その程度では怒らない。

そこでふと、レオポルドは驚いたように視線を悠利とルークスへ向けた。

「あら、ユーリちゃんにルークスちゃんじゃないの。お買い物かしら？」

「今日は休日なので、付き添いできましたー。お仕事の間は邪魔しないのでお構いなく」

「キュピピピー」

「あらまぁ、そうなの？　それじゃ、後でお茶にでもしましょうね？」

「ありがとうございます」

笑顔で応《こた》えた悠利に、レオポルドはぱちんとウインクして見せた。そういった仕草が実に様になっている。今日もオネェさんは絶好調だった。

「でも、休日なのに他《ほか》の子の付き添いだなんて、ユーリちゃんらしいわねぇ」

「え？」

「違います。アジトに置いておくと仕事しそうだから、連れ出したんです」

「あぁ、なるほど。それなら納得だわぁ。ユーリちゃんだものねぇ。流石《さすが》の読みよ、アロールちゃん」

「え？」

少し呆れたように呟《つぶや》いたレオポルドに、アロールが状況を説明する。そのあまりにあまりな言い方に、悠利が瞬きを繰り返しながら疑問符《ハテナマーク》を浮かべる。しかし、そんな悠利とは裏腹に、レオポルドはアロールの発言に得心がいったらしく、力一杯頷《うなず》いている。

何で？　と言いたげな顔で視線をさまよわせる悠利。一瞬悠利と目が合ったロイリスは、にこっと笑って視線を逸《そ》らした。僕に聞かないでください状態だった。アロールとレオポルドは二人で盛り上がっていて、全然悠利を見てくれない。

　とりあえず、盛り上がっている二人に声をかけても無駄だと思ったので、悠利はロイリスを呼んだ。優しい彼のことである。名前を呼ばれた場合までスルーはしないだろうと思って。

「……ロイリスー……」

「あははは……。でも、ユーリくん、一日アジトにいたら、絶対何か家事しようとしません？」

「……う」

「だからですよ」

　助けを求めた先のロイリスにもばっさり切られる悠利だった。言い方は優しいが、言っている中身はアロール達と同じである。色々と皆に行動がバレバレな悠利だった。

　そんな風に悠利とロイリスが話をしている間に、アロールとレオポルドは仕事の話を進めていた。

「とりあえず、皆から聞き取った感想を書き記してあります。参考にしてください」

「ありがとう、アロールちゃん。面倒な仕事をさせてごめんなさいねぇ。お仲間の皆さんにもお礼を言っておいてちょうだい」

「ちゃんと報酬をもらってますし、うちの子達も事情を説明したら理解してくれるんで問題ないですよ」

「そう？　本当にありがとうね」

　アロールが渡した手帳を受け取り、レオポルドは感謝の言葉を伝えている。どうやらアロールが彼女の従魔達と共に何か仕事をしたのだということだけは解った悠利である。調香師であるレオポルドが魔物使いのアロールに仕事を頼むというのがよく解らず、ひたすらに首を傾げている。その足下で、ルークスも同じように身体《からだ》を傾けて首を傾げるような仕草をしている。なお、こちらは悠利の真似《まね》をしているだけだ。

そんな二人に気づいたのか、レオポルドが小さく笑った。

「ユーリちゃんもルークスちゃんも、同じような仕草で不思議がらなくても良いじゃないのぉ」

「え？　……あ、ルーちゃん何してるの？」

「キュ？」

言われて初めてルークスが自分と同じような仕草をしていることに気づいた悠利は、ぱちくりと瞬きをしながら問いかける。それに対して、ルークスは何が？　と言いたげに不思議そうだ。とりあえず真似をしていただけなので、深い意味はないのだ。

ぽやぽやしたルークスの雰囲気からそれを察したのか、その場には楽しそうな笑いが広がった。普段はあまり笑わないアロールも笑みを浮かべている。ただ一匹、ナージャだけが呆《あき》れたようにシャーと細い息の音をさせているのだった。

「あたくしがアロールちゃんに頼んでいたのは、魔物除《よ》けの香水を作るための準備よ」

「そうなんですか」

「ええ。アロールちゃんなら、従魔の皆に意見を聞けるでしょう？　どの種族がどの香りが嫌か解れば、こちらも作りやすいもの」

「なるほどー」

レオポルドの説明で色々と納得した悠利《ゆうり》だった。彼が作る魔物除けの香水は、色々な種類がある。魔物によって好む匂《にお》いも嫌う臭《にお》いも異なるので、それに合わせて作り分けているのだ。

この場合重要なのは、魔物が嫌う臭いを見つけることではない。候補にした、一定の魔物が嫌う臭いが、別の魔物を引き寄せる効果が無いかを確かめることが重要なのだ。誰かが嫌いなものが誰かの好物だったというのはよくある話だ。しかし、それが魔物相手だとそのまま笑い話にすることも出来ない。

幸い、アロールが使役している従魔は種類が豊富だった。色々な種族の意見を聞けるということで、彼女に白羽の矢が立ったのだ。

「キュー」

「あら、どうかしたの、ルークスちゃん？」

床を這《は》うようにして移動したルークスが、レオポルドが持っている手帳を見ている。レオポルドの問いかけには答えず、そのまま視線をアロールに向けた。何かを訴えるような、子犬のような眼《まな》差《ざ》しである。

「……ルークス、言っておくけど、魔物除けの香水なんだから、嫌な臭いの方が多いよ？」

「キュキュー」

「……解ったから、そんな目で見るな。次からは誘うから」

「キュイキュイ！」

「シャー」

「ナージャ、煩い」

アロールとルークスのやりとりから、どうやら一緒にお仕事がしたかったらしいと察した一同だった。そして、アロールは基本的に従魔に甘いので、ルークスのおねだりに敗北していた。呆れたようなナージャにツッコミを入れる声も、どこか力が無い。

そんな実に微笑ましい十歳児とスライムのやりとりを眺めてほっこりしていた一同の中で、ロイリスは思い出したように提げていた袋から金属の塊を幾つも取りだした。それは小さな丸缶だった。大人の女性の掌《てのひら》にすっぽりと収まるぐらいの大きさだ。店内にも同じ大きさの丸缶が置いてある。

レオポルド特製、香り付きのハンドクリームが入れられている容器だ。

「こちらが出来上がったサンプルですが、どうでしょうか？」

「ありがとう、ロイリスくん。それじゃあ、ちょっと見せてもらうわね」

「はい。どうぞ、忌憚《きたん》ないご意見をお願いします」

「安心してちょうだい。あたくし、仕事で妥協はしないタイプなの」

生真面目《きまじめ》に伝えたロイリスに、レオポルドは茶目っ気たっぷりにウインクを返した。普段のノリがどれほどフレンドリーでも、この美貌のオネェは立派な職人なのである。ある意味でとても頑固でもあるので、彼は一切妥協をしない。

そんなレオポルドが相手なので、ロイリスは緊張した面持ちで返事を待っている。レオポルドは真剣な顔でロイリスが渡した丸缶を見詰めている。蓋《ふた》の部分に花とそれを取り囲むように模様が刻まれているのだ。また、それだけでなく、本体の側面にも模様があった。

職人ではない悠利には善し悪《あ》しはさっぱり解らないが、個人として言えばそこに刻まれている模様を綺麗《きれい》だと思った。花はまるで本物を写し取ったように生き生きとしているし、蔦《つた》のようにも見える周囲を取り巻く模様は実に繊細な美しさを保っている。相変わらずロイリスの彫る模様は細かくて綺麗だなぁと思う悠利だった。

しばらく真剣に丸缶を眺めていたレオポルドは、ゆっくりと口元に笑みを浮かべた。真《ま》っ直《す》ぐと自分を見ているロイリスに視線を向けて、今度は誰の目から見ても明らかな微笑みを浮かべる。

「素晴らしい出来映えだわ、ロイリスくん。こちらの注文にここまで完璧《かんぺき》に応えてくれるなんて、本当にありがとう」

「……あ、ありがとうございます。お気に召して良かったです」

「お気に召すなんてものじゃないわぁ。大満足よ！　早速、本格的に注文させてちょうだいね。ああ、勿論《もちろん》、貴方《あなた》が無理せずに作れる範囲で良《い》いわ」

「はい！　頑張ります！」

本当に素敵ねぇと微笑む美貌のオネェ。仕事を請け負うことが確定したロイリスは、緊張と興奮で頰《ほお》を紅潮させていた。外野の悠利は、とりあえず丸く収まったらしいと理解して、ひょいっとレオポルドの手元を覗《のぞ》き込んだ。もっとしっかり丸缶の模様を見たくなったのだ。

「あら、どうかした、ユーリちゃん？」

「綺麗な模様が見えたので、僕もよく見たいなーと思いました」

「あぁ、なるほど。どうぞ見てちょうだい」

「ありがとうございます。うわー、流石ロイリス。綺麗だなぁ」

楽しげに笑ったレオポルドにサンプルを一つ渡されて、悠利は顔をキラキラと輝かせて丸缶の模様を眺めている。乙男《オトメン》は可愛《かわい》いものや綺麗なものに目が無かった。

「レオーネさん、この綺麗な丸缶、何に使うんですか？」

「ハンドクリームの販売容器に使うのよ」

「レオーネさんの香り付きハンドクリームですか？」

「ええ、そうよ。一目でどんな香りか解るように、蓋の部分に花の模様を彫ってほしいってお願いしたの」

レオポルドの説明に、悠利はなるほどと理解した。オネェがこだわり抜いた素材で作ったハンドクリームに、これまたオネェがこだわり抜いた材料で作った香りを追加して作る香り付きのハンドクリームは、人気商品である。そして、その人気商品を更にアピールするために、今度は容器に手を加えることにしたレオポルドなのだった。

バラの香りのハンドクリームならばバラの花が蓋に描かれた缶を使い、ラベンダーの香りのハンドクリームならばラベンダーの花が蓋に描かれた缶を使う。花以外に果物を香料に使っている場合もあるので、よく見たら蓋に柑橘《かんきつ》系の模様が彫られているものもあった。それらを美しいと思わせる配置で仕上げるロイリスのセンスは確かなものだ。

「ロイリスくんの彫る模様は優しい感じでしょう？　だから、うちのお客様にも喜んでもらえると思ったのよぉ」

「それはよく解りますす。女性のお客さんが喜びそうな感じですもんね」

「ええ。贈り物にしていただくこともあるのよ。だからこそ、もらって嬉《うれ》しい容器にしようと思ったの」

「流石レオーネさん。お仕事大好きですね」

「あら、仕事に全力を尽くすのは当然よ、ユーリちゃん。お代をいただくんだから、それに見合う商品を用意するのは当たり前だもの」

真面目な顔で言い切るレオポルドに、悠利はそうですねと笑っておいた。なお、心の中では「僕が言いたかったの、そういうことじゃないんだけどなー」と思ったが、口を挟まない程度には空気を読んだのだ。オネェの情熱とぶつかるのは得策ではない。

ちなみに、悠利が言いたかったのは、商品の改良に余念が無いだけでなく、セールスポイントも忘れずに強化していくところである。職人というのは作る方に特化して、商売っ気が少ない人もいるのだが、レオポルドはそれに当てはまらなかった。作る方にも情熱を向けるし、お客様へアピールする方にも全力投球だ。ある意味とても素晴らしい調香師様である。

それにしても、と悠利は思う。普段接点の全くないアロールとロイリスがレオポルドの仕事を手伝っていることに、少しだけ驚いた。そして同時に、そうやって色んな人が協力していることが如実に解って、少しだけ嬉しくなったのだ。

魔物使いのアロールの仕事は、王都で生活する人々とはあまり接点がないと思っていた。けれど、彼女がたくさんの魔物を使役する魔物使いだからこそ果たせる仕事がある。同じように、小物に細工を施すことの多いロイリスが、既にそこにあった商品に付加価値を付けるために彫金を行っていることも、悠利には新しい発見だったのだ。

新しいことをたくさん知ることが出来て、今日は良い日になったなーと思う悠利だった。……なお、顔はいつも通りのにこにこ笑顔なので、彼がそんなことを考えているということは、周囲の皆《みんな》には全く気づかれていないのだった。

「それじゃ、お礼も兼ねてアロールちゃんにはあたくし特製の香水を」

「普通に代金を払ってもらえたらそれで結構です」

「……相変わらずつれないわねぇ、貴方」

「僕みたいな子供が香水つけてたら変です」

「別にそんなことはないと思うのよ……？　ねぇ、ユーリちゃんとロイリスくんもそう思わない？」

「へ？」

「え？」

花が咲くような笑顔でアロールに流れるように香水を勧めたレオポルドは、食い気味で拒絶されて困ったように頬に手を当てている。十歳児の僕っ娘《こ》のアロールであるが、素材は決して悪くはないので、ことあるごとに彼女を着飾らせたがるオネェなのだった。そして、いつものごとく拒絶されているというだけである。

そんな二人のやりとりをいつものことと眺めていた悠利とロイリスは、突然話を振られてぽかんとした。二人揃《そろ》って顔を見合わせて、こてんと首を傾《かし》げる。悠利はよく解らないというほわほわした表情で。ロイリスはちょっと困ったような顔で。……早い話が、二人揃って返事を避けたわけである。

何しろ、「余計なこと言ったら殴る」とでも言いたげなアロールの視線が飛んできていたからだ。オネェを敵に回すのも嫌だが、常に過保護な護衛担当として白蛇を引き連れた魔物使いを敵に回すのも嫌なのだ。しかもアロールとは同じ場所に住んでいるのだ。こっちの方が危険度が高い。

「もう、二人揃ってすっとぼけるんだから」

「そいつらを巻き込もうとしないでください」

「はいはい、解りました。また今度にするわぁ」

「金輪際いらないです」

「本当につれないわねぇ、アロールちゃん……」

お姉さん悲しい、と泣き真似をしてみせるレオポルドであるが、誰も相手にしなかった。なまじ美貌《びぼう》なので様になっているのが余計に腹が立つのだろう。アロールは半眼でそんなレオポルドを見上げていた。この癖さえ無ければ良いのにと思っていそうな顔だった。

その後は、仕事を終えて報酬をもらったアロールとロイリスと一緒に、レオポルドが用意してくれていたお茶とお菓子を堪能《たんのう》する悠利なのでした。合間合間にアロールにあの手この手でお洒落《しゃれ》の話題を振るレオポルドであるが、軒並み撃沈するのでした。いつものことです。

後日、アロールが監修を手伝った魔物除けの香水の改良版と、ロイリスが仕上げた花の模様が彫られた丸缶に入ったハンドクリームが新たに店頭に並ぶのでした。なお、どちらも人気商品になりました。

◇◇◇

「ねぇ、ミリーどうして一緒に来るって言い出したの？」

隣を歩くミルレインに問いかける悠利の表情は、心底不思議そうだった。彼は、錬金釜《れんきんがま》の定期点検のために錬金鍛冶士《かじし》のグルガル親父殿《おやじどの》の許《もと》へ向かっていた。その隣で当然のような顔をして一緒に歩いているのは鍛冶士見習いのミルレイン。基本的に普段行動を共にすることなどほとんどない彼女が、何故《なぜ》同行しているのか彼にはさっぱり解らないのだった。

悠利の足下をぽよんぽよんと跳ねているルークスも、「何でいるの？」みたいな瞳《ひとみ》でちょこちょこミルレインを見ている。別に彼女を嫌っているわけではない。ただ、不思議で仕方ないだけなのだ。

「アタイは、グルガルさんの工房を見学したいんだ」

「見学って……。でも、グルガルさんは錬金鍛冶士だし、ミリーは鍛冶士だよね？　違う分野じゃないの？」

「確かに仕事に関しては全然違うし、見てても何も解らない」

「それなのに見学するの？」

「分野が違っても参考になる部分はちゃんとある！」

「あ、そう」

握《にぎ》り拳《こぶし》を作って力説するミルレインに、悠利《ゆうり》は質問するのを諦《あきら》めた。何やら無駄にテンションが上がっていて、いつもならもうちょっと理路整然と説明をしてくれる筈《はず》のミルレインと意思の疎通が図れないのだ。

職人ってそういうところあるよねーと考える悠利だった。少なくとも、悠利の知っている職人組は、テンションが上がったり集中すると、こっちの話を聞いてくれないタイプが多いので。

まぁ、ミルレインが同行していて何か不都合があるわけではない。少なくとも、悠利には。彼女の存在が邪魔になったらグルガルが自分で文句を言うだろう。そして、彼女の態度からグルガルに一定の敬意を持っているらしいことは解る。なので、もしもグルガルに拒絶されたら大人しく戻ってくれるだろうと思う悠利だった。

ルークスとミルレインを引き連れて、悠利は慣れた王都の道を歩いて行く。工房が建ち並ぶ区画へ足を運ぶのも慣れたものだ。錬金釜のメンテナンスでグルガルを訪ね、アクセサリー作りをしたくなったらブライトの工房を訪ねるのが悠利の日常なので。

そうこうしているうちに錬金鍛冶士であるグルガルの工房にたどり着いた。呼び鈴を鳴らしてドアを開ければ、奥の方から野太い声で入ってこいと返事が届く。どうやら、何か作業をしているらしい。

「グルガルさん、こんにちはー。錬金釜持ってきましたー」

「お邪魔します！」

「キュー！」

のほほんと中に入る悠利に続くミルレインは、直角にお辞儀をしてから玄関に足を踏み入れていた。体育会系みたいな仕草だ。最後にぽよんと玄関に入ってきたルークスは、いつも通りである。

ちなみに、ルークスは最後尾だったので身体《からだ》の一部を伸ばしてドアノブを掴《つか》み、そっと丁寧にドアを閉めていた。出来るスライムは今日もお利口さんである。

「グルガルさん、こんにちは」

「あぁ、よく来たな、ひよっこ。……何じゃ、小娘も一緒か」

作業中のグルガルを見つけてにこにこ笑顔で挨拶《あいさつ》をする悠利。いつも通り鷹揚《おうよう》に頷《うなず》いたグルガルは、続いて視界に入ったミルレインを見て不思議そうに瞬きをした。

そのグルガルの反応に、ミルレインは悠利の隣で深々とお辞儀をして口を開いた。

「あの、お仕事の邪魔はしないので、いさせていただいても良いですか？」

「……鍛冶士見習いの小娘が見るもんなんぞないと思うがなぁ……。まぁ、邪魔をせんなら好きにせい」

「ありがとうございます！」

割とどうでも良さそうに返事をしたグルガルに、ミルレインは輝かんばかりの笑顔になった。大きな声でお礼を言う姿に、悠利は不思議そうに首を傾げる。彼女が何を喜んでいるのか彼にはさっぱり解らなかったのだ。

けれど、口を開いてかけた言葉は別のものだ。

「良かったね、ミリー」

「あぁ！　グルガルさんの工房を見学出来るなんて滅多にないからな……！」

悠利の言葉に、ミルレインは勢い込んで応《こた》える。その熱意に圧倒されつつ、まぁ彼女が嬉しいなら良《い》いかと思う悠利だった。悠利は職人ではないので、職人の憧《あこが》れとか意気込みとか熱意とかはさっぱり解らないのだ。

そんなミルレインを放置して、グルガルは悠利を呼ぶ。既に何度か定期点検に来ている悠利は、愛用の学生鞄《かばん》から錬金釜を取り出して作業台の上に置いた。毎日ぴかぴかに磨いているので、目立った汚れなどはない。

……というか、「掃除は僕の仕事だよね？」みたいなノリで、ルークスが丸呑《まるの》みして綺麗《きれい》にするのだ。この世界最高峰の魔法道具《マジックアイテム》である錬金釜にそんな扱いをして良いのかと思うだろうが、案外頑丈に出来ているので問題はない。

一応、事前に【神の瞳】で確認してからルークスに掃除を頼んでいるので、安心してください。なお、それでぴかぴかになると解ったルークスがアリーの錬金釜も丸呑みにしようとして、一悶着《ひともんちゃく》あったのも事実です。

勿論《もちろん》アリーは説明したら理解はしてくれたが、とりあえず「突拍子も無いことをするな」と怒られた悠利だった。確かに、スライムをそんな風に使うなとか、錬金釜にそんな扱いするなとか、色々と常識人のリーダー様には言いたいことがあったのだろう。仕方ない。

ただし、一つ言い訳が許されるならば、言い出したのは悠利ではないのである。掃除担当のルークスが、自主的に立候補したのだ。……まぁ、【神の瞳】さんで鑑定したとはいえ、それにゴーサインを出した悠利も悠利なのだけれども。

「ふむ。相変わらず綺麗に使っているようだな」

「毎日ちゃんと綺麗に掃除してますよ」

「そうか。感心じゃ。道具は大切に使ってもらわんと、儂《わし》ら作り手もやりがいがない」

「キュキュー！」

「……ん？」

錬金釜をじっくりと見詰めた後に、グルガルは満足そうに笑った。頑固一徹な職人気質《かたぎ》の親父殿に、悠利は笑顔で応える。ほぼ毎日錬金釜を使っている悠利なので、その度にちゃんと綺麗にしているのだ。……ルークスが。

えっへんと胸を張るような感じのルークスを見下ろして、グルガルは沈黙した。ルークスは、キュイキュイと鳴きながら何かを自慢しているような雰囲気だ。有り体に言うなら「もっと褒めて！」みたいな感じである。

そんなルークスを見て、続いて悠利を見るグルガル。悠利はにへっと笑うだけで何も言わない。しかし、グルガルは何かを察したらしかった。

「ひよっこ、答えい。このスライムに何をさせた？」

「え？」

「すっとぼけるな」

「……ルーちゃんは、掃除を頑張ってくれただけですよ？」

「ほぉ？」

　半眼になるグルガルに、悠利はちょっとだけ冷や汗を流した。グルガルから伝わってくる威圧が凄《すさ》まじかったのだ。物凄《ものすご》くお怒りだというのがよく解る感じだった。普通に怖い。

「やだなぁ、グルガルさん。顔が怖いですよー」

「儂が厳《いか》ついのは生まれつきじゃ」

「僕が言いたいのは、そういうことじゃなくてですねー」

「ひよっこ」

「……はい」

　何とか話題を逸《そ》らそうとした悠利だが、失敗した。ビシッとルークスを指差すグルガル。その目は完全に据わっていた。

「こやつに何をさせたのか、答えい」

「……」

　もはや、言い逃れは出来なかった。というか、言い訳すら許してもらえない感じだった。これ確実に怒ってるなぁと思う悠利だった。ついでに、正直に話したら話したで、特大の雷が落ちるんだろうなとも思った。その程度は悠利でも解る。

　とはいえ、答えないという選択肢は既にない。逃げるタイミングは完全に逃しているのだ。なので、悠利はしょんぼりと肩を落としながら素直に答えた。

「鍋《なべ》を洗うみたいに、錬金釜を丸呑みにして掃除をしてくれました」

言葉にするとそれだけだ。ルークスの体内で細かい汚れまで分解吸収されるので、悠利の錬金釜はいつも新品のようにぴかぴかなのだ。

答えた悠利は、恐る恐るグルガルを見た。多分怒ると思ったのだが、何も言われない。それはそれで逆に怖いなと思う悠利だった。

ちなみに、グルガルは怒る気が失《う》せたわけでも、怒っていないわけでもない。単純に、驚きすぎて固まっているのだ。それほどに、悠利が告げた内容は熟練の錬金鍛冶士の親父殿にしてみても、突拍子のないことだったのだ。

しばらくしてようやっと立ち直ったグルガルは、震える声で悠利に問いかけた。いつもの迫力が半分ぐらいになっているが、怒られると思って身構えていた悠利は気にしなかった。

「丸呑みじゃと……？」

「はい」

「そこのスライムが、錬金釜を、丸呑みに、した……と？」

「はい」

顔を引きつらせて問いかけられた内容に、悠利は何度も何度も頷いた。全《すべ》ては事実だ。現実的にあり得ないと思われそうだが、事実なのである。仕方ない。事実は小説よりも奇なりという言葉もあるのだから。

確認作業を終えたグルガルは、わなわなと震えていた。「あ、これは雷が落ちる」と悟った悠利は、ご機嫌状態のルークスをひょいと腕の中に抱え込んで、ぎゅっと目を閉じた。本当は耳を塞《ふさ》ぐべきだと思うのだが、何も解っていないルークスが驚いて飛び跳ねないようにしっかりと抱くことにしたのだ。

そして、悠利の予想通りに、超特大の雷が落ちた。

「何をやっとるんじゃ、お主らぁあああああ‼」

工房中《じゅう》に響き渡る大絶叫だった。今まで悠利が聞いた雷の中で一番大きい。それぐらい、グルガルにとっても衝撃だったのだろう。

間近で怒鳴られた悠利は、ぐわんぐわんといつまでも余韻みたいに響くグルガルの怒声にふらふらしていた。山の民は元々声が大きい人が多く、グルガルもその例に漏れず素晴らしい肺活量と声量の持ち主だった。それで怒鳴られたのだから、悠利がびっくりするのも無理は無かった。

突然のグルガルの叫びに驚いたのは、何も悠利だけではない。

ルークスは驚きのあまり、「キュピ⁉」と周囲を見渡しながら飛び跳ねようとした。悠利の腕にしっかりと抱え込まれているので動くことは出来なかったが、反射で動こうとしてしまうぐらいには大声に驚いたのだ。

そして今一人、グルガルの工房内を真剣な表情で見学していたミルレインもまた、突然の大絶叫に驚いていた。彼女こそ、不意打ちでグルガルの怒鳴り声を聞いたのである。心臓が飛び出るぐらいに驚いて、その場で軽く飛び跳ねていた。

「ひよっこ」

「あの、一応鑑定で確認したら、問題ないってことだったんです。後、手作業で掃除するよりルーちゃんの方が早いし綺麗になったんです」

「ひよっこ」

「ルーちゃんだって悪気があったわけじゃないんです。むしろ、おかげでこんなにぴかぴかなんです」

低い声で呼ばれた悠利は、グルガルの発言を遮るように立て板に水状態で説明を続けた。ルークスがいかにお役立ちかを、自分がどれだけ助かっているかを切々と訴える。……つまりは、ルークスがグルガルに必要以上に怒られないようにと必死なのだった。

そんな悠利を彼の腕の中で見上げていたルークスは、眼前で表情を完全に消しているグルガルに気づく。怒鳴られて驚いたのもあるが、感情が全く読めない今の無表情もなかなかに怖い。そしてルークスは、身体の一部をちょろりと伸ばしてグルガルをちょんちょんと突いた。

「キュイー……」

「ルーちゃん？」

「……」

「キュピ、キュピィ……」

悠利に抱きかかえられているので身動き出来ないルークスは、伸ばした身体の一部でグルガルの太い腕を突きながら、不安そうな目でか細く鳴いていた。ご主人を怒らないで、みたいな感じだった。そんなルークスに悠利はちょっと感動した。僕の従魔は本当に優しい、みたいな感じだ。安定の主人バカな悠利《ゆうり》だった。

　そんなルークスを見ていたグルガルは、しばらくしてから盛大に溜息《ためいき》をついた。完全に毒気を抜かれたという感じだった。

「もう良いわい。お主ら相手に普通を説いても無駄じゃった」

「……えー？」

「……キュピー？」

「問答はしまいじゃ。儂が点検をしている間はその辺で大人しくしておれ」

「はーい」

「キューイ」

　しっしっとまるで犬猫を追い払うみたいな仕草で扱われる悠利とルークス。そして彼らは、大人しくしていろと言われて、素直に返事をするのだった。基本的には真面目《まじめ》だし素直だし良い子なのである。悠利もルークスも。

　……ただちょっと、彼らの常識が他《ほか》の人の常識とは違う場所にあって、かっ飛ばしちゃうだけで。

とりあえず、大人しくしていろと言われた悠利とルークスは、いつものように工房の掃除を始めた。学生鞄から愛用の掃除道具を取り出す悠利と、床のゴミを吸収しながら片付けていくルークス。アジトでも見られる光景である。

　そんな風に、勝手知ったる我が家のように掃除をする悠利の肩を、ぽんぽんとミルレインが叩《たた》いた。

「ん？　ミリー、どうかした？」

「どうかした？　じゃない。グルガルさんに怒られてただろ？　何やった？」

「んー、錬金釜《れんきんがま》の掃除、ルーちゃんがやってくれてるって言ったら予想外だったみたいで怒られた」

尊敬するグルガルに怒鳴られた悠利とルークスという状況で、悠利がグルガルを怒らせたのだと確信しているミルレインだった。彼女がグルガル贔屓《びいき》というのもあるが、そもそもグルガルは意味なく怒鳴ったりしないのだ。彼に怒鳴られるというのは、何らかの理由が存在するということになる。

そんなミルレインに、悠利はさらっと説明した。その説明を聞いた瞬間、ミルレインがくわっと目を見開いて叫んだ。

「そりゃ怒られるわ！」

「えー……。だって、僕が自分で拭《ふ》くより、ルーちゃんがやってくれた方が綺麗になるんだよ？」

「そうかもしれないけど！」

この馬鹿《ばか》！　と言いたげなミルレインだった。しかし、相手は悠利だ。暖簾《のれん》に腕押しレベルでへろんとしている。言っても無駄だと解ったのか、ミルレインはがっくりとその場で肩を落とした。ドンマイ。

何やら疲れているミルレインに首を傾《かし》げつつ、悠利は気になっていたことを聞くことにした。錬金釜の定期点検が終わるのを待っている間は暇なのである。掃除をしているのだって、手持《ても》ち無沙汰《ぶさた》だからに他ならない。

「そういえば、ミリーは何を見学してるの？　グルガルさんの工房って、あの大きな錬金釜以外はそんなに変わったものとか無いと思うんだけど」

「何をって……。そんなの、ここに決まってるじゃないか……！」

「……えーっとここって、素材棚？」

「そう！」

ミルレインが自信満々で示したのは、大量の素材が保管されている素材棚だった。錬金釜を作ることを生業《なりわい》にしているグルガルの工房には、大量の金属と宝石類が素材としてストックされている。

希少な素材も並ぶその素材棚は、一目で何が置かれているのか解るガラス戸の戸棚だった。

高さは悠利の頭よりまだ高い。側《そば》に脚立が置いてあるので、それを使って出し入れをしているのだろう。確かに、ちょっと見応《みごた》えはあった。

けれど、あくまで悠利にしてみればそれだけだ。綺麗《きれい》な宝石やインゴットがいっぱい並んでるなー程度の感想しか出てこない。

しかし、ミルレインにとっては違った。まさにそれは、知識の塊と言うべき素材棚なのだ。

「ミリーはたくさん素材があるのを見てるのが楽しいってこと？」

「違う。全然違う」

「え？　違うの？　ごめん。じゃあ、この大きな素材棚の何を見てたの？」

「保管方法だ」

「保管方法？」

ミルレインの言葉に、悠利ははて？　と小首を傾げた。金属のインゴットと宝石類は、戸棚に無造作に並べられているようにしか見えない。一応種類別に分類されているようだが、ガラス戸はそのまま閉まっているだけだ。少なくとも、何か特殊な装置が置いてあるわけではなかった。その状態で保管方法と言われても、悠利にはさっぱり解らなかった。

そんな悠利に、ミルレインは興奮気味で説明をしてくれる。……鍛冶《かじ》関係になると、途端にテンションが上がるのは職人の性《さが》みたいなものだった。いつものことなので悠利も特に気にしない。

正確には、そんなことを気にしていたら《真紅の山猫《スカーレット・リンクス》》の面々とは付き合えないのだ。各々、自分の興味のある分野、好きな分野になると突っ走ってしまうところがあるので。代表的なのはジェイクだが、肉に突撃するレレイも、スイーツに興奮するヘルミーネとブルックも、出汁《だし》に一直線なマグもそんな感じだ。

「金属も宝石も、確かにそんなに繊細じゃない。でも、適切な保管方法にするだけで、ぐっと質が良くなるんだ」

「へー。金属や宝石にもそういうところあるんだねー。植物とかなら何となく解るんだけど、ちょっと意外かも」

「産地の環境に近いと良《い》い状態に保たれるって意味なら、金属や宝石も一緒だよ」

「なるほど」

ミルレインの説明に、悠利は納得した。心の中で、「つまり、食材をきちんと保管するのと同じ感じだよね」と思っている。思っているだけで口に出さないので、ミルレインには伝わらないのだが。……まぁ、今回は概《おおむ》ね間違っていない。

そんな悠利に、ミルレインは事細かに目の前の素材棚がどれほど素晴らしいのかを力説していた。専門知識の無い悠利は右から左に半分ぐらい聞き流してしまっているが、ちゃんと相槌《あいづち》を打つのは忘れない。人の話を聞くのは得意なのである。

「まず、この素材棚の中身は、産地ごとに同じ環境に置いた方が良いものが固めてある。同じ金属でも産地が違うだけで少し質が変わるから、それも考慮して分類してあるんだ。それだけの知識があるってことが、これだけでも解るだろ？」

「ふむふむ。確かに、こんなにいっぱいある素材の性質を全部ちゃんと理解しているのって凄《すご》いね」

「だろ？」

ミルレインは、まるで自分が褒められたみたいに嬉《うれ》しそうな顔をした。悠利に説明がちゃんと伝わったのが嬉しいのと、自分が尊敬しているグルガルの凄さがしっかりと伝わっているのが嬉しかったのだ。

なお、悠利が考えたのは「僕、鑑定技能《スキル》あって良かったー。全部覚えろとか言われたら、頭パンクしちゃうやー」ということだった。悠利には最強の鑑定系チート技能である【神の瞳《ひとみ》】さんがついているので、困ったら即座に発動すれば大概のことは調べられるのだ。正解しか出てこない某お役立ち情報サイトみたいなもんである。

「それで、少しでもそれぞれに適した環境に調えるために、棚のあちこちに魔石が配置されてるんだ。各属性の魔石を使うことで、素材棚の中の温度を調えてるんだよ」

「あ、あの飾りみたいになってるの、そういう意味なんだ。お洒落《しゃれ》な飾りかと思ってた」

「あははは。その発想が出るのはユーリらしいな。でも、アレはちゃんと実用的な意味で付けられてるんだよ。それだけじゃなくて、素材の下に敷かれてる布とかもそれぞれに最適なものを用意してあるんだ」

「流石《さすが》グルガルさんだねー」

「そう！　流石なんだ！」

のほほんと悠利が呟《つぶや》いた言葉に、ミルレインが食いついた。キラキラと顔を輝かせるミルレイン。彼女の中で、同じ山の民であるグルガルはかなり高評価らしい。憧《あこが》れの尊敬する先輩、みたいな感じなのだろう。

その後も、ミルレインは素材棚に関する説明を延々と続けた。素材棚全体に関する説明が終わったかと思うと、次は区画ごとに説明が入る。寒い地域の金属だから涼しく設定されているだとか、乾燥に弱い宝石だから湿度対策がされているとか、そういう話だ。

全然専門知識がない悠利は、テレビで雑学番組を見ているような気持ちで、ミルレインのテンションヨン高めの説明を聞いていた。彼女が楽しそうなのと、ここで説明を聞いておいたら、訓練生達との話題に出来るかなと思う悠利だった。

なお、テンションが上がりまくったミルレインの語りは、グルガルが錬金釜の定期点検を終えるまで続くのでした。……そして、我《われ》に返って耳まで真っ赤にしながら謝罪するミルレインがいました。

◇◇◇

「えーっと、つまり、風邪を引いたってことで良いですか？」

ある日の昼下がり。小首を傾げながら悠利は目の前のジェイクに問いかけた。ここはジェイクの自室だ。昼食のときに少し調子が悪そうだったので様子を見に来たのだ。……何しろ、ジェイクは体力がポンコツなので、少し気を抜くとすぐにばったり倒れるので。

そんな不思議そうな悠利に対して、ジェイクはいえと小さく呟いてから首を左右に振った。否定を示すその仕草に、悠利は瞬きを繰り返した。

「熱や咳《せき》はないので、風邪と言ってしまって良いのかが解らないんですよ。だるいとか節々が痛いとかでもないですし……」

「でも、あんまりご飯食べてなかったですよね？　調子悪いんじゃないんですか？」

悠利がそう問いかけたのも、無理はなかった。

ジェイクは普段から食が細い方だが、それでも全く食べないというわけではない。味の濃いものや脂っこいものは大量には無理だと言うが、人並みには食べる。それに、今では悠利もジェイクの食べられる量をある程度把握しているので、盛りつけはちゃんと彼に合わせているのだ。

そうだというのに、今日の昼食を、ジェイクは随分と控えめにしていた。用意された料理を残したわけではない。箸《はし》を付ける前に、そのうちの幾つかを食べ盛り達に代わりに食べてもらっていたのだ。あまり食欲が無いからと言いながら。

「別に、無理に食べてほしいと思ってるわけじゃないですからね？　食べられないときがあるのも解りますし。でも、食べないと栄養が取れないので、回復が遅くなるんじゃないかなと思うんです」

悠利の言葉は正論だった。病気に立ち向かうには薬も必要だが、何より体力が必要になる。そしてその体力は、食べなければ回復しないのだ。睡眠も大事だが、何はともあれ食事である。必要な栄養を体内に取り入れて初めて、回復に向けて動き出せるのだから。

そんな悠利に、ジェイクは困ったように笑った。へにゃりと眉《まゆ》が垂れている。

「いえ、食欲が無いというか、食べるのが辛《つら》そうなものを皆《みんな》に食べてもらっただけなんですよ」

「食べるのが辛い？」

はて？　と悠利は首を傾げた。悠利が作るのはお家《うち》ご飯である。メインディッシュこそボリュームのあるものにするが、野菜のおかずがメインだ。そんな悠利なので、何が食べ辛かったのかと疑問に感じてしまったのだ。少なくとも、本日の昼食は悠利以外の食が細いメンバーでも普通に食べていた。

そこで、悠利は気づいた。ジェイクが仲間達に食べて貰《もら》っていた料理の共通点に。

「硬いものや刺激の強いものが駄目なんですか……？」

「正解です。ちょっと喉《のど》が痛くて……」

「あー……」

なるほど、と納得した悠利だった。

喉が炎症を起こしているときというのは、食欲があろうが好物だろうが食べられないものがある。それが、硬いものと刺激の強いものだ。どちらも、炎症を起こして敏感になっている喉の粘膜を攻撃するのだ。硬いものは飲み込むときに痛いし、刺激の強いものは患部に触れただけで痛い。物理的にしんどいのだ。

「それじゃあ、食欲そのものはあるんですね？」

「えぇ」

「解りました。それじゃ、夕飯は食べやすいものを考えます」

「いえ、そんな手間のかかること」

「手間じゃないですよ？　ちょうど、作ろうと思っていた料理があるので」

楽しみにしていてください、と笑って、悠利《ゆうり》は部屋を出て行く。その後ろ姿を見送りながら、ジェイクは小さく呟いた。

「ユーリくんはユーリくんですねぇ……」

実に言い得て妙だった。

いつもにこにこのほほんとしていて、子供っぽくて何も考えていないように見える。けれど、その実、誰かに優しくすることを当たり前だと思っている悠利は、面倒だと思わずに誰かのために何かをするのだ。そんな悠利だからこそ、皆に愛されているのである。

さて、そんな風に思われているとは知らない悠利は、ジェイクが昼食をあまり食べなかった理由が判明してうきうきだった。原因が解れば対処の方法もある。食欲があるのなら、彼が食べやすい料理を用意すれば良いだけだ。

具沢山の味噌汁《みそしる》には、野菜が軟らかく煮えるまで火を通そうと考えた。味噌汁は色々な食材を入れることで旨みも栄養価も増すし、味噌を入れる前にじっくり煮込めば根菜も軟らかくなる。サラダは生野菜なので食べにくいかもしれないので、温野菜にするか和《あ》え物や炊き合わせにすれば問題ないだろう。

それに、本日のメインディッシュは脂のしっかりのった塩サバだ。市場で美味《おい》しそうな切り身を発見したので、それを焼こうと思っている。焼き魚ならば、味付けは塩だけだし魚は解《ほぐ》して食べれば硬くもない。喉の痛いジェイクでも食べられるだろうと思う悠利だった。

そして、そこにもう一つ、悠利が付け加えようと思った献立がある。先日、採取ダンジョンである収穫の箱庭で大量に手に入れた蓮根《れんこん》を、美味しく食べられるように一手間加えようと思ったのだ。

……まぁ、いつものごとく、悠利が食べたいと思ったからなのだけれど。

「あ、ユーリお帰り。ジェイクさんどうだった？」

台所に戻ってきた悠利を笑顔で迎えたのは、カミールだった。慣れた手つきで食器を洗っている。本日の食事当番なので、こうして後片付けをしているのだ。

いつもなら悠利も一緒に洗い物をしたり後片付けをしているのだが、今日はそれをカミールに任せてジェイクの状態を確認しに行っていたのだ。何せ、もし具合が悪くて食事も別メニューを用意しなければならないとしたら、色々と大変だったので。買い物に行くとか、そもそも病院に連れて行くとか。

「カミール、洗い物ありがとう。喉が痛いんだって。でも食欲はあるらしいよ」

「へー。風邪かな？」

「熱は無いからって否定してたけど」

「ジェイクさんだしなー。本人が違うと思ってるだけで、風邪の可能性あるだろ」

「そうなんだよねー」

軽口を叩《たた》く悠利とカミール。その表情は楽しそうだった。心配をしていないわけではない。けれど、軽口を叩く程度にはジェイクが倒れたり風邪を引くのはよくあることだった。

ここしばらくは風邪ではなく、睡眠不足や過労でぶっ倒れている感じだったが。元来体力が無いので、すぐに倒れたり病気になるのだ。

「つーか、何でこんな暑い季節に風邪引くかな」

「ジェイクさんだからじゃない？」

「夜更かししてるからってことか？　それとも、体力無いからって？」

「だって、ジェイクさんって体調管理に関してはうっかりしてるし」

「してるな」

二人揃《そろ》って容赦がなかった。親子ほどの年齢差のある子供達にここまで言われる男、それがジェイクだ。なお、彼ら以外の面々も力一杯頷《うなず》いてくれる程度には、ジェイクはジェイクだった。アジトの廊下ですぐ行き倒れるのだから、察してほしい。

学者としては有能なジェイク先生は、日常生活で遭難出来る程度には色々ポンコツなのである。

「それじゃ、ジェイクさんだけ別メニューか？」

「あ、今日は、」

「………玉子おじや？」

「「マグ⁉」」

誰もいないと思っていたのに、いきなり背後からぼそりと声が聞こえて、悠利もカミールも驚いて声を上げた。振り返った先にはマグがいて、いつも通りの淡々とした無表情で二人を見ている。ただし、その赤い瞳には何かを訴えかけるような感情があった。驚きから立ち直れないでいる悠利とカミールに、マグは再び口を開く。

「玉子おじや？」

「「………」」

「玉子おじや？」

何故《なぜ》献立名を繰り返すのか、悠利にもカミールにも解らなかった。二人して視線をさまよわせるが、残念ながら通訳担当のウルグスの姿は見えなかった。何で肝心なときにいないんだ！　と心の中でウルグスに八つ当たりする二人だった。

別に常にマグとウルグスが一緒に行動しているわけではないし、一緒にいなければいけないわけでもないので、ウルグスは悪くありません。完全に八つ当たりです。

マグのセリフと、出てきたタイミングを考えて、悠利はハッとしたようにマグを見た。何を言っているのか解った気がした。

「マグ、別に今日は玉子おじや作らないよ。ジェイクさん、普通のご飯で問題ないから」

「………何故」

「食欲はあるらしいし」

「……玉子おじや……」

「……お前、何でそんな玉子おじやに執着してんの……」

表情はほとんど変わっていないが、しょんぼりしているのが丸わかりのマグだった。何故彼がそこまで玉子おじやに執着するのか全く解らず、カミールはがっくりと肩を落としている。悠利も同じくだ。マグは相変わらず謎《なぞ》過ぎる。

「っていうか、お前そんなに玉子おじや食いたいの？」

「美味」

「いや、そりゃ出汁《だし》たっぷりだけど……」

「玉子おじや……」

「………あー、そんじゃ、今度食事当番の日の朝食にしてもらえば？」

「カミール？」

「……？」

カミールの提案に、悠利は首を傾《かし》げ、マグは瞬きを繰り返す。そんな二人に、見習い組の中でも随一の気配りを誇る少年は彼の考えを説明した。

「いや、全員分玉子おじやにしようと思うと大鍋《おおなべ》で作らないと駄目だろ？　でも、朝食なら当番は先に食うから違うメニューでも良《い》いんじゃね？　って感じで」

「なるほど。確かにそうだねー。全員分の玉子おじや作るのはちょっと遠慮したい」

カミールの言葉に、悠利は遠い目をした。白米は炊飯器で炊けるから良いとして、人数分の玉子おじやを鍋で作るとなるとどれだけの量が必要になるのか考えたくもない。《真紅の山猫《スカーレット・リンクス》》には食欲旺盛《おうせい》な面々が多いのだ。

それに、おじやというのは時間が経《た》つと美味しくないものである。仕上げるタイミングも難しいし、お代わりを要求されても対応出来ないかもしれない。それらを考えれば、食べたがっているマグと自分の分だけで良いというのは、悠利にとって渡りに船だった。

「……朝食？」

「うん。それじゃ、今度マグが料理当番の日の朝ご飯は玉子おじやで」

「諾」

二人の会話の中で重要だと判断したのは、朝食で食べられる可能性があるということなのだろう。マグはじっと悠利を見上げて問いかける。それに笑顔で答える悠利。次の瞬間、マグはこくこくと何度も頭を上下に動かして頷いていた。よほど嬉《うれ》しいらしい。

それで満足したのか、マグは来たときと同じように足音なく去って行った。その後ろ姿を見ながら、カミールはぼそりと呟《つぶや》く。

「あいつ、日々隠密の技能《スキル》が成長してねぇか……？」

「僕としては、最初からレベル高かった気がするけどね……」

「……そうだな」

ちょっとだけ遠い目になる二人だった。あまり深く考えてはいけない気がした。

気を取り直して、悠利はカミールと共に夕飯の準備をすることにした。追加しようと思った料理が一手間かかるので、下準備をしておこうと思ったのだ。

「それじゃ、ちょっと早いけど夕飯の準備手伝ってもらっても良い？」

「良いけど、今日はずいぶん早いな」

「うん。作りたいと思った料理がちょっと手間がかかるから、出来るところまでやっておこうと思って」

「了解」

悠利の申し出をカミールは快く受け入れた。段取りが大切なことを彼はちゃんと解っている。何だかんだで、見習い組の中で一番縁の下の力持ち的なサポート能力に長《た》けているのは彼である。時は金なりを地で行く商人出身だからかもしれない。

カミールの協力を取り付けた悠利は、必要な材料と道具を準備する。蓮根がメイン食材で、それ以外に用意したのは味付けに使う和風の顆粒《かりゅう》だし、塩、片栗粉《かたくりこ》。道具は包丁、まな板、皮剝《む》き器、おろし金、ボウル、である。

最初にするのは、蓮根を綺麗《きれい》に洗うことだ。収穫の箱庭で採取した蓮根は、一応その場で軽く泥は落としてある。なので、台所で洗ったとしても泥がつまる心配はなかった。

その後、皮剝きをするまえに持ちやすい大きさに切り分ける。と言うのも、一本丸ごとの大きな蓮根では、作業がしにくいからだ。最終的にすり下ろすので、この段階で作業しやすい大きさに切り分けたところで不都合はない。

「蓮根の皮は皮剝き器で剝くと薄く綺麗に剝けるんだよ」

「なるほど。へー、結構楽しいな、これ」

「あははは。蓮根は凸凹《でこぼこ》してる部分もあるから、気を付けてね」

「りょーかい」

二人並んで、流し台の中に皮を落とす形で蓮根をせっせと剝いていく。それなりの人数分が必要になるので、ひたすら延々と蓮根の皮剝きだ。しかし、悠利が告げたように皮剝き器を使って剝くと結構簡単に剝けるので、カミールはちょっと楽しそうだった。

薄い茶色の皮を剝き終われば、白い表面が姿を現す。汚れや傷みが残っている部分は皮剝き器や包丁で取り除き、両端の汚れている部分を切り落とせば完了だ。

続いての作業は、おろし金を使って蓮根をすり下ろすことだ。これが結構な力仕事だ。蓮根をすり下ろすにはそれなりに力がいる。手を痛めないように気を付けながら、二人で交代して大量の蓮根をすり下ろす。

その途中で、悠利は一部の蓮根を細かく切り刻んだ。食感が楽しめる程度のみじん切りだ。そうして刻んだ蓮根は、混ざらないように小さなボウルに入れて保管しておく。これを使うのはもう少し後である。

そんなこんなで蓮根をすり下ろすのが終わった。人数分を確保するためなのでかなりの分量の蓮根をすり下ろしたので、悠利《ゆうり》もカミールもちょっと疲れてしまった。

「……ごめん、カミール。今度から、誰か援軍を頼むことにするよ……」

「おう……。蓮根、大根と違って結構手強《てごわ》かったわ……」

「そうだね……」

力なく笑う二人だった。彼らはどちらもそこまで力自慢ではないのだ。今後は、ウルグスとかレイのような力仕事が得意な面々がいるときに作ろうと思う悠利だった。手伝ってと言えば喜んで協力してくれる仲間達を知っているので。

なお、すり下ろすときに最後の部分はどうしても小さな塊で残ってしまう。無理をしてすり下ろせば手を痛める可能性があるので、悠利は刻んでみじん切りに加えていた。すり下ろせないならば刻めば良いのです。今回は刻んだものも必要なので。

「で、このすり下ろした蓮根をどうするんだ？」

「まず、顆粒だしと塩で味付けをするよ」

ボウルに大量に入っている蓮根のすり下ろしに、悠利は和風の顆粒だしと塩を適量加えていく。加えたら、それをヘラでざっくざっくと混ぜる。蓮根から水分も出ているので、調味料はじわじわと溶けていき、混ざっていく。

そうして全体に味が混ざったら、今度は片栗粉を追加する。ただし、こちらは少量ずつ入れる。一気に投入すると、食感が変わるからだ。

「何で片栗粉入れるんだ？」

「片栗粉を入れると形を作りやすくなるから」

「そうなのか？」

「うん。片栗粉を混ぜると、もちもちってなるんだよね」

「水溶き片栗粉でとろみがつくのは知ってたけど、混ぜたらもちもちになるのは知らなかった」

悠利がボウルの中身を混ぜているのを興味深そうに見ているカミール。そんな彼に、悠利はおかしそうに笑った。そして、告げる。

「僕が作ってるわらび餅《もち》、使ってるのは片栗粉だよ」

「え!?　あの食感って片栗粉で出来てたのか!?」

「うん」

「マジか……。すげぇな、片栗粉」

「そうだね」

ざっくざっくと混ぜて良い感じの硬さになったところで、悠利はボウルの中身を二つに分けた。というか、少しだけ小さなボウルに移した。不思議そうなカミールに気づかずに、悠利は残った元のボウルに、みじん切りにした蓮根《れんこん》を追加するのだった。

大きなボウルは蓮根のみじん切りが追加され、ところどころにその姿が見えるようになった。小さなボウルには、すり下ろした蓮根と調味料しか入っていない。それをしばらく見ていて、カミールは何かに気づいたように呟いた。

「もしかして、こっちがジェイクさん用か？」

「正解ー。細かく刻んでも蓮根だしね。入ってない方が良いかなって思って」

「なるほど」

悠利らしいなと思うカミールだった。あえて一人だけ別メニューにするのではなく、皆《みんな》と同じメニューでジェイクが食べやすいように考えているのだ。こいつ本当に料理好きだなと思うカミールだった。

材料を全《すべ》て混ぜ終えたら、次は形を作る作業になる。一つ一つ、たこ焼きぐらいの大きさに丸めていく。丸めては皿の上に並べる作業。数が多いのでちょっと大変だったが、二人で雑談しながらやっていると苦にはならなかった。

勿論《もちろん》、皆の分とジェイクの分は分けて並べてある。ここで混ざってしまっては、材料を分けた意味がないので。

「よし、これで下準備完了ー」

「後はどうするんだ？」

「ん？　小麦粉をまぶして揚げるだけ。食べる前に揚げれば大丈夫だよ」

にこにこ笑顔の悠利、そっかとカミールも笑った。揚げ物は揚げたてが美味《おい》しい。これは真理である。なので、素直に納得するカミールだった。ついでに、食事当番の特権で揚げたてを味見出来ることも解っているので、ご機嫌なのだ。

「それじゃ、他《ほか》の準備もしちゃおうか」

「おー」

出来る下拵《したごしら》えを終わらせておくのは悪いことではない。特に差し迫って用事がないカミールは、悠利の提案に同意してくれるのだった。


そんなこんなで、夕飯の時間である。

悠利とカミールがせっせと作った蓮根餅《れんこんもち》（たこ焼きサイズかつ揚げるバージョン）が、他の料理と共に食卓に並んでいた。見慣れない物体に、皆が不思議そうにしていたが、悠利の説明を聞いてそれが蓮根だと解ったので美味しそうに食べている。

なお、最初に食べ始めたのはマグだった。出汁の信者は今日もそこに出汁の気配を察したらしい。相変わらず空恐ろしい嗅覚《きゅうかく》である。

「ジェイクさんはこっちのお皿のを食べてくださいね」

「これは僕のなんですか？」

「食べきれないなら皆に食べてもらっても大丈夫です。味付けは同じですし」

「味付けは、ですか？」

「はい」

悠利に言われ、ジェイクは目の前の皿を不思議そうに見ている。皆が食べている大皿と全く同じものが並んでいるようにしか見えない。しかし、悠利はそれをジェイク用だと言うのだ。

不思議そうなジェイクに、悠利は笑って種明かしをした。

「皆が食べてる方には、蓮根のみじん切りが入ってるんですよ。食感が楽しめて良いんですけど、喉《のど》が痛いジェイクさんには入ってない方が良いかなと思って」

「あぁ、そういうことですか。ありがとうございます」

悠利の気遣いに、ジェイクは笑みを浮かべた。そういうことならと、遠慮無く自分用と言われた蓮根餅を口へと運ぶジェイクだった。

小麦粉を軽くまぶして揚げてあるので、表面はカリッとしている。けれど、歯で噛《か》むともっちりふわっとした食感が伝わる。外のカリカリと反して、中身はもちもちだった。けれど、決して噛み切りにくかったり、喉に詰まりそうなぐらいに弾力があるとかではない。ほどよいもちもち具合だった。

味付けは、シンプルに和風の顆粒だしと塩のみ。揚げることによって幾ばくか風味は追加されているが、素朴で優しい味わいだ。軟らかくもちもちとした食感と、その味付けは実によく合っていた。

「これは蓮根なんですよね？」

「そうです。あ、もちもちしてるのは片栗粉ですよ」

「片栗粉……。なるほど。確かにアレは、混ぜると弾力が出ますね」

「ジェイクさんが好きなわらび餅も片栗粉で作ってますしねー」

「そうでしたね」

美味しいです、とジェイクはにこやかに笑った。喉は痛いが食欲はちゃんとあるジェイクなので、痛みを気にせず食べられて幸せそうだ。

そんなジェイクを見ながら、悠利は皆と同じ、みじん切り入りの蓮根餅を食べる。こちらは、もちもちとした食感の合間に、火が通ってなおシャキシャキ感を失わないみじん切りの蓮根が良《い》いアクセントになっている。もっちりとシャキシャキのコラボレーションである。

「それにしても、一度すり下ろしてから形を作るというのは、不思議な感じですね」

「そうですか？　でも、蓮根以外にも大根とかジャガイモでもこういうの作れるんですよ」

「へー」

「後は、今日は揚げましたけど、平面に仕上げて両面をしっかり焼いて、とろみを付けた餡《あん》をかける食べ方とかもありますすねー。出汁《だし》の風味で優しい味わいの餡にすると、良い感じな……」

「ユーリくん」

「はい？」

楽しそうに美味しい食べ方を説明する悠利の言葉を、ジェイクは途中で遮った。普段、にこにこと笑って話を聞いてくれる学者先生とは思えない行動に、悠利はきょとんとする。

そんな悠利に向けて、ジェイクは何かとても残念そうな顔をして告げた。

「背後にマグがいます」

「え⁉」

「出汁……」

大量の蓮根餅を入れた小皿と箸《はし》を持ったまま、マグが悠利の背後に立っていた。普通に怖い。慌てて、悠利はマグの身体《からだ》を反転させて叫ぶ。

「マグ、食事中でしょ！　戻って！」

「出汁……」

「今日は餡かけはしません！」

「……」

「そんな目で見てもしません！　これもちゃんと美味しいでしょ？」

「……諾」

じぃっと首をよじって訴えてくるマグを、何とか追い返した悠利だった。油断も隙も無い。彼らは離れた場所に座っていたのに、今の一瞬で距離を詰めたのだろうか。恐ろしい。

「いやー、マグの出汁に対する反応は凄《すご》いですねぇ」

「何であーなっちゃったんだろう……」

「まぁ、もしかしたら何かあの子なりの理由があったのかもしれませんし」

「あるんですかね……？」

「……どうですかね？」

もっともらしいことを言いかけたジェイクだが、悠利に問われて遠い目をした。あるかもしれないし、ないかもしれない。マグに聞いても会話が成立するとは思わなかったので、二人はそれ以上その話題に触れるのは止《や》めるのだった。

ちなみに、悠利に追い返されたマグは隣に座っていたウルグスに小言を言われているが、全然気にしていなかった。立ち直りの早い出汁の信者は、目の前の蓮根餅を堪能《たんのう》することにしたらしい。

安定のマグだった。

なお、後日、悠利はうっかり口を滑らせた餡かけバージョンの蓮根餅を作りました。マグからの圧が凄かったのと、他の面々も食べてみたいと言ったからです。皆、美味しいものの気配には敏感でした。

◇◇◇

「そう言えば、特殊効果のある武器って鍛冶《かじ》で作れるの？」

「は？」

「はい？」

ある日の昼下がり。食後のお茶を楽しんでいた悠利は、目の前で一緒にお茶を飲んでいたミルレインとロイリスに問いかけた。それまでの話題をぶった切っての質問だったので、二人とも困惑している。

それまでの会話は、二人が普段どんな作業をしているのかという感じのものだった。工房での過ごし方や、どんな技術を学んでいるのかという、悠利の知らない世界の話である。

その流れからの、突然の質問に二人が驚くのも無理はなかった。

ただし、大変困ったことに、悠利の中では話は繋《つな》がっているのだ。二人が色んなものを作っているのを聞く中で、魔法道具《マジックアイテム》や魔道具の作り方などにも話が広がった。そこからの、この質問である。

「いわゆる魔剣とか言われる武器って、魔法道具だって言ってたよね？」

「あぁ、そうだよ。錬金釜《れんきんがま》で作るか、ダンジョンで発見するかって感じで、作り手は限られてるけど」

「魔法道具と魔道具みたいに、武器にも鍛冶で作れて、魔石とか素材の力で特殊能力が出るものってあるのかなって思ったんだ」

「……あぁ、なるほど」

にこにこ笑顔の悠利《ゆうり》に、ミルレインとロイリスはやっと話が通じたと言いたげに頷《うなず》いた。何で悠利の発想がそっちへ飛んだんだろうと思ったが、理由を聞いたら一応ちゃんと理解出来た二人だった。


なお、魔法道具というのはその名前の通り魔法みたいな効力を持っている摩訶不思議《まかふしぎ》な道具だ。その筆頭が材料を入れるだけで何でも作れる錬金釜。一般人にも馴染《なじ》みがあるのは、容量が拡張されている魔法鞄《マジックバッグ》だろう。ただし、それらを作れるのは錬金釜の使い手のみ。まぁ、錬金釜を使うには錬金の技能《スキル》が必要なので、端的に言うと錬金の技能を有した人々だけになる。

対して魔道具は、魔法道具ほど理解不能な性能は有していないが、各種属性魔石と回路を組み合わせることで任意の能力を持たせた便利道具になる。悠利の感覚で言うと、日本の科学技術で作られていそうなものはこちらに近い。少なくとも、物理法則を無視した何かは生み出されない。

そして、悠利認識で魔法武器《マジックウエポン》みたいな存在の武器も存在する。それらも魔法道具に分類されている。悠利が見たことがあるのは、ヘルミーネが持っている弓だ。非力な羽根人でも簡単に使えるように改良された特殊な弓で、使わないときは矢筒にすっぽり収まるサイズに縮むという不思議な武器だった。

「名のある鍛冶士の方は、魔石を組み込んでそういったものを作れると聞いたことはありますね」

「そうなんだ。そういうのも魔剣とかって呼ぶのかな？」

「いえ。確か、人工魔剣とか呼んでいたと思いますよ。魔道具の延長だと捉《とら》える方もいますけど」

「でも、錬金釜で作ってるのだって人が作ってるから人工じゃないの？」

「そうなんですけれどね。効力が違いすぎるので、何か区別をする名称が必要なんだと思います」

「あー……、なるほど」

ロイリスの説明に、悠利は遠い目をして呟《つぶや》いた。その説明は、確かに納得出来るものだった。魔法道具と魔道具の間に越えられない壁があるように、錬金釜製やダンジョン製の魔法道具の武器と、鍛冶士が魔石を組み込んで作り出した特殊効果のある武器では、どうあがいてもその性能に違いがありすぎるのだ。

武器としての、その切れ味や使いやすさという部分ではない。付加価値とされる特殊効果の部分で、どうあがいても越えられないのだ。そこはもう、魔法の名を冠することを許された道具や武器達と、人がそこに届かせようと必死に作り出している魔道具との現実だった。

同じだけの性能を有していないのに、同じ名前を付けるわけにもいかない。だからこそ、鍛冶士達が作り上げる特殊効果のある武器は、人工○○という表現をされるのだ。魔石の属性を反映させる武器達は確かに強いのだが、上には上がいるので仕方ない。

「んー、でも、とりあえず、魔道具みたいに魔石を組み込んだ武器を作れる職人さんはいるんだね」

「いると聞いていますが、一握りだと思いますよ。普通に武器を鍛える知識だけでは実現不可能ですしね」

「あ、そっかー。鍛冶士としての知識と魔道具職人としての知識の二つが必要になるんだもんね。二足のわらじだなぁ」

しみじみと悠利は呟いた。本来ならば系統の違う二つの職業《ジョブ》の知識を両立させるというのは、かなり難しそうだった。そこを目指して能力を有している人を尊敬するほどに。

「二足のわらじ？」

そんな悠利の言葉に、ロイリスが反応した。不思議そうな顔をしているロイリスに、悠利は笑って説明を始めた。わらじを見たことがなくて当たり前だと思ったので。

「僕の故郷のたとえの一つだよ。わらじって言うのは履き物のことで、二足のわらじを履くっていう言葉があるんだ」

「それはどういう意味なんですか？」

「一人の人間が二つの履き物を履くのは難しいっていうのになぞらえて、両立させるのが難しい仕事をかけもちすることかな」

「なるほど。確かに、鍛冶士と魔道具職人の両方を極めようというのはかなり無謀なことですしね。納得です。説明ありがとうございます」

「お粗末様です」

二人揃《そろ》ってにこにこ笑う悠利とロイリス。局地的にマイナスイオンが大量発生しているような癒《い》やし空間が形成されていた。ほわほわ少年二人だとどうしても和みオーラが勝るのです。

そんな二人の前で、ミルレインは無言だった。机の上に置いた指を組み合わせ、瞼《まぶた》を閉ざしている。沈黙が重くなりそうなほどの真剣なオーラだ。そこだけ温度が違う感じだった。

けれど、別にミルレインは怒っているわけではない。悠利とロイリスののほほんとした会話に何かを感じているわけでもない。彼女はただ、己の内面と戦っているのだ。

「ところで、さっきから無言だけど、ミリー、どうかした？」

「そうですね。貴方《あなた》が一番口を挟みそうな話題でしたけど」

「…………」

「「ミリー？」」

二人の問いかけにミルレインは沈黙で答えた。何か彼女の機嫌を損ねただろうかと、不安そうになる悠利とロイリス。おずおずと再び彼女の名前を呼んだ彼らは、ゆっくりと瞼を持ち上げたミルレインの燃えさかるような瞳《ひとみ》に息を呑《の》んだ。

……何かスイッチが入っている気がした二人だった。

「…………えーっと、ミリーさん？」

「……あのー、どうかなさいましたか？」

「人工魔剣、作りたい……！」

「「……え？」」

怖々ミルレインを呼ぶ悠利に、引きつった笑顔で問いかけるロイリス。なお、両者ともに必要以上に敬語になっているのは、何となくそんな風になってしまう威圧がミルレインから発されているからである。そんな二人の耳に届いたのは、低く落とされた呟きだった。

「アタイだって、人工魔剣とか作ってみたいわぁあああああ！」

「「うわぁ⁉」」

ミルレインの突然の絶叫に、悠利もロイリスも驚いた。思わず身体が仰《の》け反《ぞ》る。しかし、ミルレインはそんな二人には気づいていないのか、それまでの無言が嘘《うそ》のように、立て板に水のように喋《しゃべ》りだした。

……やっぱり、何かのスイッチが入ったような気がする二人だった。

「何をどうしたら作れるのか全然解らないんだよ！　鋼を鍛えるだけじゃ駄目で、かといって魔石の性質を理解するだけでも駄目で……！　師匠や父さん達も解らないって言うし……！　しかも、『それが出来るのは一握りの天賦の才に恵まれた鍛冶士だけだ』なんて、やる前から出来るわけが無いって決めつけるんだ……！　アタイは確かに子供で未熟だけど、だからって、やる前から出来ないって何で言い切るんだよ……！」

「ミリー？　ミリー、落ち着いてー？」

「ミリー、ちょっと一度落ち着きませんか？」

「アタイは落ち着いてる！」

「「落ち着いてない、落ち着いてない」」

悠利とロイリスのやんわりとしたツッコミに、ミルレインは噛《か》みつくように叫んだ。全然落ち着いていない。思わず二人でハモってツッコミを入れてしまう悠利とロイリスだった。

二人に諭されたことで自分が冷静さを失っていたことに気づいたのか、ミルレインは大きく息を吐き出した。気分を切り替えようとしているのだろう。何度かそれを繰り返して、やっと彼女はいつも通りの表情に戻った。

「……ごめん。ちょっと取り乱した」

「ううん。僕も考えなしに話題を振ってごめんね」

「ミリーがそこまで考えているとは初耳でしたしね」

「あー、うん……。見習いの分際で大口叩《たた》くなって感じになるから、普段は言わない……」

でも、夢なんだ、とミルレインは呟いた。今の自分では到底届かない領域だと解っていても、それでも、憧《あこが》れるのは決して悪いことではない。悠利もロイリスもそれが解っているので、別段何も言わなかった。むしろ、その遠すぎる目標に向かって必死になる彼女を尊敬するぐらいだ。

「あ、もしかしたら、僕らが力を合わせたら作れるかも」

「「え？」」

「武器の部分をミリーが作って、魔石を埋める持ち手の部分とかをロイリスが細工して、その中に入れる回路みたいな部分は僕がやったら、出来るかも……？」

「ユーリ、魔道具の回路作れるのか⁉」

「ユーリくん、そんなこと出来るんですか⁉」

「前にジェイクさんに、頑張ったら出来ると思うって言われたんだよねー」

「「凄い……」」

顔を輝かせる二人に、悠利は本当に出来るかはまだ解らないけど、とのんびりと付け加える。なお、最強の鑑定系チート技能である【神の瞳】を有している悠利なので、本気を出せば魔道具の構造は丸裸になる。【神の瞳】さんはちゃんと仕事をしてくれるだろう。

そして、構造が解ればそれをマネすることで、理解は進むはずだ。ただ、それをちゃんと使えるように作れるかというのはまた別の話だが。

「僕、とりあえず構造は理解出来ると思うから、手先の器用な二人に作ってもらうっていうのも手だよね」

「細かい作業はアタイよりロイリスの方が得意だよな？」

「細工や彫金は出来ますが、回路を作れるかどうかは……」

名案と言いたげに悠利が呟くと、ミルレインは視線をロイリスに向けた。武器を作るミルレインよりも、細工物を作るロイリスの方が細かな作業が得意なのは事実だった。それでも、そんな彼にしても、やったことがない作業が出来るかどうかは即答出来ない。

そんなロイリスに、ミルレインは真顔で口を開いた。

「でも、横に設計図がいるなら出来る可能性は上がるんじゃないか？」

「それは、そうですね」

「……え？　僕の扱い設計図なの？」

「構造を理解出来るなら、設計図持ちみたいなもんだろ」

「いや、設計図持ってるっていうのと、設計図扱いはまた違うと思うんだけど……？」

あるぇー？　と呟く悠利をそっちのけで、ミルレインとロイリスは二人で盛り上がっていた。人工魔剣が自分達の手で作れるかもしれないというのは、まだ若い彼らにとって魅力的なのかもしれない。遠い夢に手が届きそうな感じで。

それならばどんな感じの特性を備えた武器にしようかと、話が弾みそうになったときだった。三人の頭上に、影が差した。

「「……？」」

「……あ」

「随分と楽しそうだな、お前ら」

「「……！」」

不思議そうに顔を上げるミルレインとロイリス。一人、何かを察したように小さく声を出した悠利。彼らの耳に届いたのは、淡々とした低い声だった。見上げた先には、彼らの頼れるリーダー様がいた。

あははと乾いた笑いを浮かべる悠利。緊張しているミルレインとロイリス。しかし、悠利には解っていた。どう考えてもアリーがツッコミを入れに来たのは自分に対してだと。間違ってない。

「ミルレイン、ロイリス」

「「はい！」」

「お前らが、二人で人工魔剣を作ろうと試作するのは構わん。好きにやれ。うちや工房に迷惑をかけないなら、それもまた修業だ」

「「ありがとうございます！」」

「ただし」

感極まるミルレインと、嬉《うれ》しそうなロイリス。その二人の感動に水を差すように、アリーはそれまでよりも低く落とした声で口を開いた。

……なお、右手はがっしりと悠利《ゆうり》の頭を掴《つか》んでいる。まだ力は入れられていないが、逃げるなと言わんばかりに固定されている。悠利の気分は、お説教される前の子供だった。

「こいつは巻き込むな」

「「はい？」」

「もう一度言う。お前らのやる人工魔剣の試作に、こいつを絶対に巻き込むな」

「解りました」

「肝に銘じます」

アリーが真剣だというのが解ったミルレインとロイリスは、素直に頷《うなず》いた。その二人に何かやらかしたのか？　と言いたげな視線を向けられて、悠利はしょんぼりと肩を落とす。

なお、まだ何もしてない。するかもしれないだけである。

「……アリーさーん」

「お前は黙ってろ」

「………はい」

頭が痛いわけではないのだけれど圧迫感は感じるし、自分の扱いが色々アレだなぁと思った悠利がアリーを呼ぶが、一刀両断された。真面目《まじめ》モードで言われたので、悠利も大人しく黙るしか出来ない。

そんな悠利を掴んだまま、アリーはミルレインとロイリスに重要事項を伝える。

「良《い》いか？　こいつは無自覚に色々とやらかすんだ。ただでさえ、人工魔剣を作れるなんてなったら大きな騒ぎになる。そこに特大の火種を放《ほう》り込むのがどれほど危険かは解るな？」

「……あー」

「……確かに」

「待って？　何で二人とも納得しちゃうの？　僕まだ何もしてないのに！」

「しでかしそうだからだよ！」

「うぐぅ……」

異議あり！　と言わんばかりに叫んだ悠利だが、アリーの叫びに撃沈した。否定出来なかった。今までが今までなので、何一つ否定出来ない悠利だった。自業自得である。

そのまま、アリーは悠利を椅子《いす》から立たせると、引きずって移動する。襟首を引っ掴まれた状態で後ろ向きで引っ張られる悠利の姿を、ミルレインとロイリスは神妙な顔で合掌して見送った。お説教が待ってるんだろうなと思う二人だったが、助けようとは思わなかった。助けられる気がしなかったので。

そして、アリーの部屋に連れて行かれた悠利は、目の据わったアリーに正面から見据えられるという大変居心地の悪い思いをしていた。軽い雑談をしていただけなのに、完全にお説教コースだった。どこで間違えたんだろうと思う悠利だ。……多分、最初からです。

「いいか、ユーリ。俺は、お前の好奇心を殺したいわけでも、他《ほか》の奴《やつ》らと一緒に何かをするのを根こそぎ邪魔したいわけでもない」

「……知ってます」

「極論、お前がこの話を持ちかけたのが、あの二人じゃなければある程度は黙認した」

「…………え？」

「あいつらはまだ、職人として見習いだ。自分の責任を自分で取るのも難しい部分がある。その二人とお前じゃ、バランスが悪い」

「バランス……」

頭から怒られるのかと思ったら、案外アリーが静かに接してくるのでちょっと拍子抜けした悠利だった。それに、今の話では、悠利が魔道具の回路部分を勉強して作ること自体は悪いと思っていない感じである。そこから止められるのかと思っていたのだが。

けれど、アリーの話で少しだけ、納得もした。自分達は全員未成年である。ミルレインとロイリスの技術は確かなものだけれど、それでも彼らはまだ、子供だ。保護者の庇護《ひご》下《か》にある存在が、自分達で責任の取れない大事を行ってはいけないということなのだろう。

「つまり、本職の職人さんと一緒なら、止めなかったってことですか？」

「正確には、俺が信頼出来る職人なら、だ。お前のぶっ飛んだ部分を正確に理解してくれる職人でないと無理だな」

「ぶっ飛んでる」

何だろうその言い草、と悠利は思った。扱いが色々と雑すぎる。雑というか、ひどいというか。少なくとも、当人は普通の発想のつもりで生きている悠利にしてみれば、心外な発言である。

しかし、アリーは容赦がなかった。訂正しなかったし、むしろ畳みかけてきた。

「ぶっ飛んでるだろうが。色んなネジが」

「えー……」

物凄《ものすご》く含みがある言い方だった。どこがとか何がとか具体的に言ってもらえないので、悠利もちょっと納得出来なかった。ちゃんと説明があったら解りやすいのにと思っている。

けれど、明確にどこがどうと言えるわけもないのだ。根本的に、基本的人格とか基礎知識とかの部分で色々とぶっ飛んでいるのだから。

それは、違う常識の世界で生まれ育ったということと、悠利の持って生まれたのほほんとした性格のせいだろう。なので、どっちも悪くないのがミソだった。

……そこ、余計にタチが悪いとか言わないでください。事実だけに否定出来ません。

「アリーさんは、魔道具の回路を作ったことあるんですか？」

「構造の解析に付き合ったことはあるが、自分で作ったことはない。興味も無かったしな」

「便利な魔道具が増えたら良いなとか思いませんか？」

「思うが、そのためにお前がぶっ飛んだ行動をするなら首根っこ引っ掴んで止める」

「……僕、何だと思われてるんですか……？」

「無意識にやらかす珍獣」

「珍獣はひどいです……」

真顔で言われて、しょんぼりと肩を落とす悠利だった。しかし、アリーはその発言を訂正してくれなかった。色んな意味で珍獣かもしれないので、仕方ない。

勿論《もちろん》、珍獣呼ばわりしていても、ぶっ飛んでると言っていても、何だかんだで悠利の面倒を見てくれているのでアリーは優しい保護者様である。それが解っているので、たまのこういう扱いも、心配してくれてるからなんだろうなーと思う悠利なのでした。


なお、話はそれだけで終わらなかった。

いや、本題は終わっているのだが、悠利がうっかり口を滑らせたことでちょっとした騒動が起こったのである。騒動というか、ドタバタとでも言うべきだろうか。

それは、悠利がアリーにお説教された内容をブルックとレオポルドに話したことから始まる。休みの日に手土産持参でお茶を飲みにやってきた美貌《びぼう》のオネェと、手土産の甘味に釣られて同席していたクール剣士。アリーと元パーティーメンバーという絆《きずな》で結ばれている二人に、悠利は世間話をしたのだ。

「っていう感じでアリーさんに怒られたんですよねー。珍獣扱いされましたー」

のほほんと笑いながら告げる悠利に、他意はなかった。アリーがどうして自分にお説教をしたのか解っているし、珍獣扱いもネタみたいな感じで口にしたのだ。あくまで雑談の範囲内だ。

そう、悠利に他意はない。だがしかし、その話題を受けたブルックとレオポルドにはあった。互いに目配せし、楽しげな笑みを一瞬浮かべた二人は、次の瞬間口を開いた。

「あら、ひどい言い草ねぇ」

「まぁ、あいつは口が悪いからな」

唇をとがらせ、しかめっ面をしてレオポルドが呟《つぶや》けば、ブルックは口元に小さな笑みを浮かべながら告げる。その口調がどこか楽しげなのがミソだった。悠利が不思議そうに首を傾《かし》げるが、レオポルドは構わず口を開く。

「だからって、こんな可愛《かわい》いユーリちゃんにそんな言い方はないと思うわ」

「でも、アリーさんが僕のことを心配して怒ってくれてるのは解ってるので、大丈夫ですよ」

レオポルドの言葉に、悠利はにこにこと笑った。理由もきっちり説明してもらっているので、悠利としてはアリーに不満はない。むしろ、いつもいつも保護者としてきっちりサポートしてくれているのが解っている。……本当に何とも思っていないならば、何もせずに放り出せば良いのだ。庇護してくれている段階で、アリーは悠利に甘くて優しいのである。

勿論、ブルックとレオポルドもそれぐらい解っている。むしろ彼らは、解っているからこそ、楽しそうなのである。

「ユーリちゃん、良い子ねぇ」

「そうだな。ユーリは良い子だ」

「ありがとうございます？」

ぽんぽんと二人から頭を撫《な》でられて、悠利は不思議そうにしながらも礼を言った。一応褒められているらしいということは解った。二人が何故《なぜ》こんなにも楽しそうなのかがちっとも解らなかったが。

それだけで終わっていれば、まぁ、微笑《ほほえ》ましい雑談で片付いただろう。片付かなかったのはその後だ。一仕事を終えたアリーがお茶をしている三人の姿に気づき、呼びつけられて面倒そうにしながらも合流した後からが、問題だった。

紅茶好きのアリーは悠利が用意した紅茶を美味《おい》しく飲んで一服するつもりだったのだろう。だがしかし、そうは問屋が卸さない。面白い話題を提供されたレオポルドとブルックが、動かないわけがなかったのだ。

先に動いたのは、レオポルドだった。だいたい、この美貌のオネェが面白がって先陣を切るのが彼らの関係である。

「全く、貴方《あなた》も心配しているなら心配しているで、普通に言いなさいよぉ」

「いきなり湧《わ》いてきて何の話だ」

真面目くさった表情で告げるレオポルドに、アリーは眉間《みけん》に皺《しわ》を寄せながら問いかける。表情が完全に面倒くさがっていた。しかし、その程度で追撃を諦《あきら》めるオネェではない。憤慨したと言いたげな表情で彼は言葉を続けた。

「ユーリちゃんのことよ！　あの子を心配しているのはバレバレなんだから、今更照れ隠しの悪態なんて必要ないでしょう」

「ヲイ」

「仕方ないだろう、レオポルド。アリーは恥ずかしがり屋なんだ。昔からな」

「ヲイ」

「そうよねぇ。昔からそうなのよ。他人を心配するのが恥ずかしいのかしら。素直に言えば良いのに、困った男だわぁ」

「まぁ、そういうアリーだと解っているだろう？」

立て板に水のように喋《しゃべ》るレオポルドにアリーがツッコミを入れるが、届かない。更に、便乗するようにブルックまで口を挟む。そちらにもアリーのツッコミは届かなかった。正確には、聞こえているけれどスルーされているのだ。

そのまま、ブルックとレオポルドは実に楽しそうに会話を続けた。とてもとても楽しそうだ。

「ええ、勿論よ。そんな素直じゃないところもアリーらしさよねぇ？」

「そうだな。素直じゃないが、結局全力で守りに入る過保護なところがアリーらしい」

「全くだわ」

元パーティーメンバー故の気安さだろうか。二人は実に楽しそうに言いたい放題だった。無視され続けているアリーのこめかみに青筋が浮かんでいる。それが見えている筈《はず》だというのに、どちらも全く気にした素振りを見せない。実に素晴らしい連係プレーだ。

「お前ら、いい加減口を閉じろ……！」

遂《つい》に堪忍袋の緒が切れたのか、アリーが地を這《は》うような声で怒鳴る。普通なら即座に土下座でもしそうなぐらいの恐ろしさだ。けれど、ブルックもレオポルドもちっとも気にせずに、不思議そうな顔でアリーを見る。

なお、面白がっているのを隠し切れてはいない。そもそも、隠すつもりもないのだが。

「何故だ？　本当のことだろう？」

「そうよ。本当のことじゃないの。ユーリちゃんも解ってたわよ」

「そうだ。相手にちゃんとお前の優しさが伝わってるんだから、良いじゃないか」

「ユーリー!!」

楽しそうな二人の台詞《せりふ》から、この流れの元凶を察したらしいアリーが絶叫した。バンと机を叩《たた》いて絶叫されて、悠利《ゆうり》はびっくりして椅子から飛び上がりそうになった。

「ふぇ!?　な、なんですか!?」

「お前あの二人に何を言った」

「何をって、別に、特別なことは何も……？」

お怒りのままに詰め寄られても、悠利にはさっぱり解らない。何が？　何で？　どうかした？　ぐらいの返事しか出来ないのだ。何しろ悠利は、ごく普通に雑談をしただけなのだから。何を怒られているのか全然解らないのである。

けれど、アリーにしてみれば死活問題だ。責任の所在を明らかにしたいのかもしれない。もしくは、調子に乗っている友人二人をどうにかする糸口を探しているのだろう。

「それで何であの二人があんなんになってる！」

「あんなんって……？」

真顔で問われても、やはり悠利にはよく解らない。ブルックとレオポルドがアリー相手に軽口を叩くのはいつものことである。悠利達のような年少者を相手にするときとは違う距離感は、流石《さすが》元パーティーメンバーだなぁと常々思っている悠利だ。

「ユーリ、気にしなくて良《い》いぞ。アリーは照れ隠しをしているだけだ」

「そうよ。アリーはね、自分が優しいって知られるのが恥ずかしいお年頃《としごろ》なのよ。うふふ」

「……はい？」

悠利に対しては優しく諭すようなブルックとレオポルド。その姿は実に正しい、年少者を労《いたわ》る年長者である。しかし、彼らの口調がどうにも面白がっているようにしか聞こえない悠利だった。間違っていません。

「お前ら、いい加減にしろ……！」

「そうイライラするな。本当のことを言っただけだろう？」

「そうよぉ。ユーリちゃんから聞いたお話で、貴方が相変わらず過保護だって再確認しただけじゃないのぉ」

唸《うな》るようなアリーの言葉にも、二人は全く動じない。楽しそうに笑みを浮かべてすらいる。完全にアリーを玩具《おもちゃ》にしていた。

次の瞬間、アリーが悠利を振り返った。今の会話で色々と察したらしい。

「やっぱりお前が原因だろうが‼」

「何で僕怒られないと駄目なんですか⁉」

あまりの理不尽に思わず叫ぶ悠利だった。どう考えてもただの理不尽です。けれど、アリーはアリーで切実だったのだ。

昔馴染《むかしなじ》みは何だかんだで強いということを理解しつつ、やっぱり僕が怒られたのは理不尽だと思う、と考える悠利だった。仲良しなのは良いことです。多分。

閑話二　シンプル美味しい手羽のガーリック塩焼き

「……えーっと、まだ調理出来てないんですけど？」

「見てる！」

「……そうですか。出来上がるまで、リビングにいた方が良いと思うんですけどね……」

困惑顔で告げた悠利に返されたのは、満面の笑みだった。一点の曇りも無い実に晴れやかな笑顔である。太陽のような笑顔だ。あまりにも無邪気な笑顔だったので、悠利もそれ以上何も言えなかった。

その笑顔の持ち主にちょっと思うところがあるのは、彼が悠利より随分と年上だからだ。そこにいたのは、脳筋《のうきん》狼《おおかみ》こと《真紅の山猫《スカーレット・リンクス》》の卒業生である狼獣人のバルロイだった。まるでそこが自分の居場所だと言いたげにカウンターに陣取って、悠利が作業をするのを見ている。

何でこの人ここにいるのかな？　と思いながら作業をするのは、悠利とウルグスだった。料理当番のウルグスは、バルロイがそこにいるのにツッコミたいようだが、悠利との会話を聞いて意味が無いと悟ったらしい。

「ユーリ、この大量の手羽って、この間の残りか？」

「うん。……ほら、レレイとバルロイさんが持って帰ってきてくれたやつだから、一緒にご飯でもと思って誘ったんだよ」

「誘ったけど、別に仕上がる前からここにいる意味は無いよな？」

「……そう思うんだけど、あの顔見たら何も言えなくなっちゃった……」

「……確かに」

悠利の説明にウルグスが意見を口にした。けれど、遠い目をした悠利の説明で、二人揃《そろ》って何も言えず明後日《あさって》の方を見るのだった。

何しろ、バルロイは遠足前の子供か何かのようにうきうきわくわくという状態でそこにいる。顔をキラキラと輝かせて、何が出来るんだろうと期待に胸を膨らませているのが丸わかりだ。そんな無邪気な姿を見せられて、どっか行けと言えるほど二人は薄情ではない。

いつもなら即座にツッコミを入れてくれそうなアルシェットは、生憎《あいにく》席を外していた。成人しても子供並みの体格しか有さないハーフリング族であるアルシェットだが、付き合いの長さからかバルロイへのツッコミ役が板についている。その彼女がいないので、放し飼いにされているような状態なのだった。

「キュウ……」

そんな一同の耳に、しょんぼりしたようなルークスの鳴き声が聞こえた。力が無い、悲しそうな声である。慌てて悠利が視線を向けると、バルロイの腕の中のルークスと目が合った。

「……えーっと、ルーちゃん、大丈夫？」

「キュイ……」

「あのー、バルロイさん、そろそろルーちゃんを放してあげてください。ちょっと嫌そうです」

「お？　そうか、悪かったな、ルークス！　冷たくて気持ち良いからついつい」

ぎゅーっとバルロイの腕の中に抱き込まれる形になっていたルークスは、自己主張をしてやっと解放された。来訪者を笑顔でお出迎えしたら確保されたという、実に可哀想《かわいそう》な経緯である。外が暑かったらしい。

確かにルークスはスライムなのでひんやりしているし、すべすべもちもちで肌触りも抜群だ。それは悠利も解っている。それでも、思わず苦言を口にしてしまうのだった。

「ルーちゃんはひんやりグッズじゃないんですけど……」

「でも気持ち良いぞ？」

「そうですけど」

そうだけどそうじゃない、と思う悠利だった。バルロイの腕から解放されたルークスは、ぽよんぽよんと跳ねながら去って行ってしまった。どうやら、まだ掃除が終わっていない場所があるようだ。出来るスライムは今日もお仕事に勤《いそ》しんでいる。

それを笑顔で見送る程度には、バルロイは通常運転だった。この人本当に子供みたいだなぁと思う悠利だった。ちゃんと大人だと解っているのだが、悠利と接しているときのバルロイは気の良いお兄さんというよりは、大型犬という感じだった。

とりあえず、気を取り直して調理に戻ろうと思った悠利。バルロイにじっと見られているのでちょっと落ち着かないが、考えないことにした。やるべきことをやるのが大事なのです。

「手羽は色んな調理方法があるけど、今日はオーブンでこんがり焼こうと思ってるんだ」

「理由は？」

「それが一番手っ取り早いから」

「納得した」

だってこんなにいっぱいあるんだよ？　と告げる悠利に、ウルグスは真顔で頷《うなず》いた。皆《みんな》で盛大に焼き鳥パーティーを楽しめるほどにあった肉の残りである。手羽だけとはいっても、それなりに分量があった。一つずつ調理をしていては追いつかないので、オーブンで一気に焼く作戦だった。入らない分はコンロの魚焼きグリルに放《ほう》り込めば良い。

大量の手羽を、ウルグスと二人で丁寧に開いていく。手羽はそのまま焼くと丸々としているので火が通りにくい。均一に火を入れるには一度開いておくと良いのだ。

「これ、結構面倒くさいな」

「あはは。下拵《したごしら》えって基本的にそういうのだしねー。頑張ろう」

「おー。こうした方が美味《うま》くなるんだろ？」

「うん」

悠利の言葉に、ウルグスはにかっと笑った。細かい作業はあまり得意ではないが、頑張れば頑張った分だけ美味《おい》しい料理になるのだと解っているので頑張れるウルグスだった。悠利と共に料理をするうちに、面倒くさがらずに一手間かけると美味しくなることがよく解ったのである。

皮を下にしてまな板の上に置き、骨に沿って縦に包丁を入れる。片方に入れて開いたら、もう片方も。このとき、あくまで身を開くだけだというのを忘れずに、切り落としてしまわないのがポイントだ。骨が見えるような感じで身を開くと、厚みが均一になる。

え？　うっかり切り落とした場合？　その場合は諦《あきら》めてそういう切り方になったと開き直れば良いのです。大丈夫。下味を付けて焼けば問題ありません。

せっせと手羽を開いていく悠利とウルグスの手元を、バルロイは面白そうに見ていた。何が楽しいのか二人には全く解らないが、バルロイの頭から生えている狼の耳がぴこぴこと揺れているので、多分楽しんでいるのだろう。

もしかしたら、これがどんな美味しい料理になるのだろうかと、うきうきしているのかもしれない。バルロイは狼獣人というだけあって肉食だ。お肉大好きお兄さんなのである。今日も、誘われたら二つ返事でやってきたぐらいだ。

「味はどうするんだ？」

「今日はシンプルにニンニクと塩かなー」

「あー、それ絶対美味いやつだ……」

「いっぱいあるからいっぱい食べても大丈夫だけど、ちゃんと野菜も食べてね？」

「りょーかい」

味を想像したのか、ウルグスはじゅるりと涎《よだれ》を飲み込んでいた。幸せそうな顔になるウルグスに、悠利はすかさずツッコミを入れる。育ち盛りなので肉をたくさん食べるのは別に問題ないのだけれど、それはそれとして栄養バランスを考えて野菜も食べてほしいのだ。

勿論《もちろん》、日々悠利《ゆうり》の作るご飯を食べてそれを何度も言われているウルグスは、ちゃんと解っている。返事も素直だ。……なお、肉食大食いのバルロイだが、大食いだけに野菜も気にせず何でも食べるので彼は問題ない。得てして、大食い組の方が満遍なく何でも食べる傾向にある《真紅の山猫》だった。多分、胃袋のサイズの違いだろう。

とりあえず、宣告通りの味付けを実行するため、ボウルに開いた手羽をぽいぽいと放り込み、そこにすり下ろしたニンニクと塩を投入して混ぜる。揉《も》み込むようにして全体に味を付けるのだ。

「……これ、醤油《しょうゆ》入れたら美味いやつでは……？」

「そっちも美味しいとは思うけど、お肉が美味しかったからシンプルに塩で」

「……そっか」

「醤油味はまた今度違う何かで作ろうよ」

「おー」

のほほんと会話をする二人の前で、バルロイが百面相をしていた。美味しそうなアイデアが出てきたと思ったら、お流れになったので少ししょんぼりしている。そっちも美味しそうなのにとか言い出しそうなバルロイ。大人の威厳はどこにもなかった。安定のバルロイさんである。

とにかく、しっかりと揉み込んで下味を付けるのが重要だ。味がちゃんと染み込むまで少しそのまま寝かせておく。

その間に、悠利とウルグスは手早く付け合わせやスープの作成に取りかかる。そういった作業も慣れたもの。多少人数の増減はあるが、日々大人数の食事を作っているうちに、手際が良くなっている悠利と見習い組なのであった。

他《ほか》の準備が整ったので、昼食に間に合わせるために手羽を焼き始める悠利とウルグス。オーブンの天板にくっつかないように並べた手羽は、ニンニクと塩が染み込んで良《い》い香りだった。焼く前から美味しいのが解る。

オーブンに入れて焼き上がりを待っている間も、じわじわと漂ってくる匂《にお》いにお腹《なか》が鳴りそうになる。そこでふと、悠利はカウンターに陣取っているバルロイに視線を向けた。レレイと同じく大食らいで腹ぺこキャラであるバルロイは大丈夫なのか心配になったのだ。

なお、案の定というべきなのか、バルロイはその場に突っ伏していた。

「えーっと、バルロイさん……？」

「……食べたい」

「まだ出来てないです」

「美味そうな匂いが凄《すご》くする……」

「だから、出来上がるまでリビングにいた方が良いって言ったのに……」

ぎゅるるるると盛大に腹の虫を鳴かせながら呟《つぶや》くバルロイに、悠利は溜息《ためいき》をついた。この場合、悠利は悪くない。一応ちゃんと忠告しておいたのだ。肉の焼ける匂いは腹ぺこには凶器なのだから。

なお、悠利があえて忠告していたのには理由がある。バルロイは確かに大食漢で肉好きだが、それだけではない。獣人である彼は、人間である悠利達よりも五感が鋭いのだ。オマケに、彼は狼だ。嗅覚《きゅうかく》に優れている種族である。そんな彼が、肉の焼ける匂いを前に待てをするのはさぞかし辛《つら》いだろうと思っていたのだ。

とはいえ、悠利の忠告を無視して、わくわくしながら調理を見ていたのはバルロイである。自業自得なので仕方ない。

それでも、今すぐ食べたいとか、味見をさせろとか言わない程度の分別は備えているバルロイだった。彼は食べることが大好きだが、ルールはちゃんと守れるのだ。

……まぁ、お代わりは遠慮無くするし、作ってくれとおねだりすることは多々あるのだけれど。そしてその度に、相棒のアルシェットにツッコミをもらうのだけれど。ある意味これは、様式美かもしれない。

「あっちで待ってる……」

「あ、はい……」

まだ完成しないのが解っているのか、バルロイはしょんぼりと肩を落としながらテーブルの方へと移動していった。少しでも離れた場所の方がマシだと思ったのだろうか。それなら食堂から出て行けば良いのにと思ったが、何となく言えない悠利だった。

そうこうしているうちに第一陣が焼き上がる。オーブンの扉を開けると、ふわりとニンニクと肉の匂いが広がった。これは間違いなく美味しいやつだと確信する悠利とウルグス。

ぱしんぱしんと音がするので振り返ったら、テーブルに突っ伏しているバルロイの尻尾《しっぽ》が、凄い勢いで床を叩《たた》いていた。別に急《せ》かしているつもりはないらしい。生理的な反応だろう。解りやすいなぁと呟く悠利とウルグスだった。バルロイさんは色々と解りやすいお兄さんです。

「焼き加減は大丈夫そう？」

「多分。……味見、どうすんだ？」

「一応するべきだから、こっそりで」

「了解」

作り手としては味を確認するのは大事な仕事だ。だがしかし、そこに腹ぺこのお兄さんがいると解っている状態で自分達だけ食べるのはどうにも気が引けた。しかし、ここでバルロイに分け与えるとブレーキが利かなくなる可能性もあるので、止《や》めておきたい二人なのだった。

とりあえず、小さめの手羽を取って半分に切り分ける。熱い熱いと呟きながら両手に持ってぱくりと一口。皮はパリパリ、身の表面もカリッと仕上がっている。だが、内側の部分はしっとりふんわりなので、元の肉がよほど良いのだなと思う悠利だった。

揉み込むようにして味付けをしたすりおろしニンニクと塩が、良い塩梅《あんばい》に肉の旨みを引き立てている。主張しすぎず、けれど薄味でもない。じゅわりと口の中に肉の旨みと脂が広がると、ニンニクの香ばしさも同時に広がるのが何とも言えずに美味だった。

「完璧《かんぺき》じゃね？」

「完璧だね」

「うっし、盛りつけるぞ」

「うん。僕は次のを焼くね」

「おー」

上手に仕上がっているのを確認した悠利とウルグスは、全員分の昼食を仕上げるためにラストスパートをかけるのだった。

なお、バルロイはその間ずっと、尻尾で床を叩いていた。美味しそうな匂いに必死で耐えていたのだ。……それでも食堂を出て行かないのは、ここにいる方が早く食べられるとでも思ったのだろうか。腹ぺこさんの考えることはよく解らない悠利だった。

そんなこんなで昼食である。

ちなみに、食事の前にバルロイはアルシェットにこっぴどく叱《しか》られていた。曰《いわ》く、仕事をしている子達の邪魔をするんじゃない。曰く、何もしていなくてもそこにいるだけで邪魔になる。曰く、デカい図体でそこにいるだけで邪魔になる。……相棒は容赦が無かった。

まぁまぁと悠利とウルグスが宥《なだ》めにかかり、バルロイもしょんぼりしつつ謝ったので丸く収まった。なお、そんな彼らのやりとりを、周囲はイベントか何かのように眺めていた。バルロイとアルシェットの漫才めいたやりとりはいつものことなのだ。彼らが《真紅の山猫《スカーレット・リンクス》》にいた頃《ころ》から何も変わっていなかった。

「……アルシェット姉さん、相変わらず大変そうだな」

「……クーレさんも将来的にあのポジションじゃないっすか？」

「止めろカミール。マジ止めろ。本気で止めろ」

「「三回も言った……」」

遠い目で二人のやりとりを見ていたクーレッシュの呟きにカミールがぼそりとツッコミを入れた。周囲にいた仲間達も同じような意見だった。そして、当人もそれが解っているのか、クーレッシュは必死に否定をした。真顔であった。

なお、その話題の片割れになるであろうレレイは、何一つ知らないと言いたげに、笑顔でうきうきと料理を見ていた。まだ食べちゃ駄目なの？　美味しそうなんだけどなぁ？　みたいな感じだった。安定のレレイ。

「それじゃ、皆さんどうぞ召し上がれ。いただきます」

「「いただきます」」

笑顔の悠利に促され、一同手を合わせて唱和する。

次の瞬間、待てから解き放たれたバルロイが凄い勢いで食事を始めた。向かいでそれを見ているアルシェットは、脱力している。大人しく待てが出来ただけ褒めてあげてください。作ってる最中から待っていたので。

大きな口にばくばくと手羽を放り込むバルロイ。骨はどうしているのかと心配になった悠利が見るが、ちゃんと肉の部分だけ齧《かじ》って骨は皿の片隅に置かれていた。単純に、齧るペースが速いので丸ごと放り込んでいるように見えただけだった。

ニンニクと塩だけのシンプルな味付けだし、調理方法もオーブンで焼いただけ。手羽を一つ一つ開いたのだけは多少手間をかけたと言えるが、それ以外は実に単純で簡単な調理だ。それでも、元々の肉の旨みが上質なので、皆満足そうに笑っている。

「ユーリ、美味い！」

「お口に合って良かったです」

「匂いが美味《うま》そうだったから、絶対美味いと思ってたんだ！」

「お待たせしました。いっぱいありますからね」

「ありがとう！」

ぱぁっと顔を輝かせるバルロイ。尻尾が床をぱしぱし叩いているし、耳は嬉《うれ》しそうにぴこぴこ揺れている。大変解りやすい狼さんだった。

勿論、バルロイ以外の面々も美味《おい》しい美味しいと言いながら食べてくれている。そうやって喜んで食べてもらえるのが大好きな悠利は、ご機嫌だった。

「ユーリ、ユーリ、これ、この間のお肉の残りだよね？」

「そうだよ。それがどうかした？」

「ううん。あの日食べられなかったの残念だったけど、今美味しいから凄く嬉しいなって！」

「そっか。良かった」

「いっぱい食べて良いの？」

「喧嘩《けんか》にならない程度にどうぞ」

「うん！」

はぐはぐと手羽に齧り付いていたレレイが、上目遣いで問いかける。キラキラと輝くその瞳《ひとみ》に苦笑しながら悠利が答えれば、にぱっと満面の笑みが返った。相変わらず美味しそうに食べるし、美味しいものが食べられると解ると物凄《ものすご》く魅力的な笑顔をするレレイだった。

その隣で、クーレッシュは溜息をついていた。レレイが美味しそうに食べるのは今更だし、彼女が食欲の権化みたいなのも今更だ。そんなことは解っている。

解っているの、だが。

「……やべぇ。どう見てもレレイがバルロイさんに似てる……」

「クーレ、それ今更じゃないかな?」

この世の終わりみたいに呟いたクーレッシュに、悠利はきょとんとしながら答えた。そう、今更だった。レレイがバルロイに似ているのは今更だ。腹ぺこキャラも、馬鹿力キャラも同じだ。もしかしたら血縁なのでは？　と思うぐらいに彼らは行動が良く似ている。

「本人否定しようが今更だよな？　似てるもんな？」

「うん。だから、クーレがアルシェットさんに立ち位置が似ていくのも仕方ないかなって思うんだ、僕」

「お前、笑顔でざっくりトドメ刺すの止めないか!?」

「現実は現実かなって……」

友達だろ!?　と訴えてくるクーレッシュに、悠利はそっと視線を逸《そ》らしながら呟いた。そう、現実を見るのは大事なことだ。バルロイとアルシェットは訓練生時代の同期で、同時期に卒業して、その後パーティーを組んで今の関係を構築している。その現実を踏まえれば、クーレッシュとレレイの未来も推して知るべしになりそうなのだ。クーレッシュだけが頑なに認めたくないと思ってい

るだけで。

ちなみに、レレイの方はあんまり気にしていなかった。彼女は《真紅の山猫》の仲間達が大好きなので、卒業してからも一緒に組めたら楽しいよね！　ぐらいのノリだ。本能型は細かいことを考えない。感情で生きているので。

「とりあえず、食べたら？　美味しく焼けてるよ」

「お前の料理が美味いのは知ってるよ……」

馬鹿《ばか》野郎と呻《うめ》きながら食事を続けるクーレッシュ。その隣で悠利《ゆうり》は、骨から外した肉をレタスに包んでもぐもぐと食べていた。肉の味でレタスが食べられて実にヘルシーだ。野菜と肉はバランス良く食べましょう。

なお、今度来たときにはニンニク醤油《じょうゆ》の肉が食いたいと去り際に告げたバルロイが、アルシェットに後頭部をぶん殴られたのはもはや様式美としか言いようがなかった。卒業生コンビはいつも通りでした。

第三章　王都の職人さん達と悠利は仲良しです

「ブライトさんのアクセサリーは相変わらず素敵ですよねー」

「そう言ってもらえると嬉しいな。しかし、俺の作業なんて見てて楽しいか？」

「楽しいですよ」

「そうか。それなら良《い》いんだが」

　にこにこ笑顔の悠利を前にして、ブライトはちょっと照れたように笑った。アクセサリー職人のブライトの工房に、悠利はよく顔を出す。ただ見学に行くだけのときもあるし、レオポルドに頼まれて連絡係をやるときもある。また、悠利の可愛《かわい》い従魔であるルークスが身につけている、王冠型のタグホルダーの修理に訪れることもある。

　まぁつまり、悠利にとってブライトの工房というのは、よく遊びに行く友人の家みたいなものだった。なので、人様の作業場ではあるものの、比較的くつろいで過ごしている。

　ちなみにルークスは、ここに来たときのお約束として掃除に勤《いそ》しんでいた。勿論《もちろん》、仕事に使う道具や材料などの触ってはいけないスペースには近寄らない。その代わり、自分が移動してもかまわない範囲は念入りに掃除をするのだ。多分、素敵な王冠を作ってくれて、修理も嫌がらずに引き受けてくれるブライトへの恩返しみたいなものなのだろう。

「今日は何を作ってるんですか？」

「今作ってるのは、レオーネに頼まれた試作品」

「レオーネさんに？　また何かするんですか？」

「いや、何か常連さんにお返しとしてブローチを贈りたいとか言われてな」

「ブローチ」

「そんなに大きくなくて、男女どっちでも使えるようなブローチとか、あいつ無理難題ふっかけすぎだと思わないか？」

やれやれと肩をすくめるブライト。けれど、口ほどに彼が嫌がっているようには見えなかった。むしろ、やる気に満ちている。

そんなブライトに、悠利は素直に思ったことを伝えた。それが正しいかどうかは解らないが、彼の感想はそうだったので。

「ブライトさんなら何とかしてくれると思っての依頼じゃないですか？」

「……何であいつと同じこと言うかな？」

「そう言われたんですか？」

「言われたなぁ。『あら、貴方《あなた》ならあたくしの注文に完璧に応《こた》えてくれるでしょう？　信頼しているわよ』だと。職人にそれを言ったらどうなるかを、あいつは本当によく解ってるよ……」

「レオーネさんも職人さんですからねー」

ツボは心得ているということなのだろう。まんまとのせられた形になっているブライトだが、それでも頼られるのは悪くないらしく、仕事をする表情は晴れやかだ。お互いの信頼関係のなせる業だろう。

何だかんだでブライトとレオポルドは職人仲間として友好的な関係を築いている。お互い仕事が大好きなので、良い感じに刺激し合っているのだろう。ついでに、ファッションリーダーなオネェさんがブライトのアクセサリーを身につけて宣伝してくれたりするので、お互いに良い効果が出ている。

そんな風にのんびりと過ごしていると、突然工房の扉が開いた。バーンという感じに乱暴に開かれた扉の向こうに、ぼさぼさの髪をした中肉中背の青年が立っていた。服装こそこざっぱりとしているが、寝癖なのか跳ね放題の髪をした変なお兄さんである。

誰アレ？　と悠利がきょとんとしていると、ブライトが溜息《ためいき》をついた。ずかずかと我が家のように入ってくる青年は、そんなブライトの前にずいっと抱えていた物体を見せた。

「見てくれブライト！　会心の出来映えだぞ！　美味そうだ！」

「……サルヴィ、とりあえず扉を閉めてこい」

「うん？」

「話は聞いてやるから、扉を閉めてこい」

「解った」

青年は、手にしていた物体をブライトの作業机に置くと、そのまま大人しく扉を閉めに行く。サルヴィと呼ばれた青年は、悪い人ではなさそうだがマイペースな人な気がすると思う悠利だった。

多分間違っていない。

「ブライトさん、あの方は？」

「俺の幼馴染《おさななじ》みだ」

「幼馴染みさんですか……。……そして、これは」

「あいつの道楽だ……」

「はぁ……」

机の上に置かれたサルヴィの持参品を見て、悠利は目を丸くした。実に精巧に作られている。置物としても一級品かもしれない。少なくとも、これだけの再現率を誇るのは素晴らしいと言えるだろう。

だがしかし、である。

「見てくれ、ブライト、良い出来だろう？」

「そうだな、まるで本物みたいだ」

「だろう！　器の質感にもこだわったんだ。それに、ここ！　この黄色と白が混ざるところも苦労したんだぞ！」

「だからってお前、何でいつもこんなもんばっかり作ってんだ……」

「ん？　上手に出来てるだろ？」

「出来てるけどな！」

そうだけどそうじゃない！　と叫ぶブライト。きょとんとしているサルヴィ。幼馴染みとして色々言いたいことがあるらしく、ブライトはサルヴィ相手に小言を口にしている。ただし、当のサルヴィは馬耳東風。何を怒っているんだと言いたげな態度だった。全然通じていない。

そんな二人を尻目《しりめ》に、悠利は目の前の物体をちょんちょんと突っついてみた。軽い質感だった。また、サルヴィが力説するだけあって実に見事な仕上がりだ。実物を見たことがある悠利でも騙《だま》されそうになるほど、本物みたいだ。

そう、それは——。

「これ、《木漏れ日亭》の親子丼《どん》ですよね？」

「おっ、解るか？　そうなんだ。この間食べたんだけど、とても美味くてな！　色も綺麗《きれい》だったし、こうやって作ってみたんだ！」

「まるで本物みたいですね」

「だろう！　再現するのは得意なんだ！」

えっへんと胸を張る青年に、悠利はそうですかと返事をした。

サルヴィが持ってきたのは、《木漏れ日亭》の親子丼を再現した物体だった。器からスプーンまで完全に再現されている。何で作ったのかは知らないが、美味しそうに艶《つや》やかな玉子と肉、白米がそこにある。遠目から見たら本物と間違えそうなぐらいの完璧《かんぺき》さだ。

どう見てもそれは食品サンプルだった。この世界にも食品サンプルがあったのかーと思った悠利だが、ブライトの反応から違うような気がした。どうやらこれは、サルヴィの道楽らしい。道楽でここまで情熱を注《つ》ぎ込めるのが凄《すご》いと言うべきか、道楽だから情熱で突っ走っているのかどちらだろうか。両方かもしれない。

「だからお前は、仕事もせずにそんなもんばっかり作って……」

「……仕事してないんですか？」

「一応仕事のものも作ってるぞ。一応」

「本当に一応だろうが！　食い物の模型ばっかりしこたま作りやがって！」

「美味《うま》かった料理を残しておきたくなるんだから仕方ないだろ！」

あ、この人芸術家タイプの何かだ、と思う悠利だった。情熱がほとばしると突っ走っちゃうタイプの人なのだろう。悪気はないかもしれないが、色々とアレなのかもしれない。そんな人と幼馴染みをやっているブライトの苦労がちょっと垣間見えた。

口喧嘩《くちげんか》をする二人を宥《なだ》めて関係やらサルヴィの正体やらを聞いたところ、二人は家ぐるみで付き合いのある職人の子供として幼少時から一緒に育った幼馴染みらしい。サルヴィの家は、彼が親子丼を作るのに使った合成樹脂のような軽くて丈夫な樹脂を使って食器などの小物を作っている工房だった。

ちなみに材料の樹脂は、日本で言うところの合成樹脂のような不思議な素材だが、樹型《きがた》の魔物から取れる特殊な樹脂らしい。色付けも簡単に出来るし、加工も簡単。そのくせ、仕上げの処置をしっかりしておけば熱にも衝撃にも強く、軽くて便利ということで、子供や旅をする人々に重宝されているのだとか。

どう考えても扱いがパワーアップしたプラスチックだなと思った悠利だが、黙っておいた。とりあえず、異世界にはそういう便利な素材があるんだなぁと思うに留《とど》めている。《真紅の山猫《スカーレット・リンクス》》のアジトであまり見ないのは、提携している職人工房にそれを扱っている工房が含まれていないかららしい。産地が限られているので、この辺りで取り扱っている工房は少ないのだ。

「ってことは、サルヴィさんは器を作るのが本職なんですよね？」

「そうなるな」

「けどな、こいつは本職ほっぽりだして食い物の模型ばっかり作ってるんだ。しかも、油断したらすぐ外食に出掛ける」

「美味いものを食べたいし、食べたら作りたくなるんだ」

「どういう思考回路してるのか謎《なぞ》だろ？」

「あははは……」

幼馴染み故の気安さでヒドいことを言うブライトに、否定も肯定も出来ないので、曖昧《あいまい》に笑うだけにしておく悠利。返事に困ることを聞かないでほしかった。

どうやら、ブライトはこの幼馴染みの自由すぎる部分を持て余しているようだ。本人の主張では仕事は一応しているらしいが、配分が問題なのだろう。好きなことに熱中すると仕事をそっちのけにしてしまうタイプなのかもしれない。

しかし、サルヴィが作り上げた親子丼の模型は実に見事だった。レストランなどでディスプレイされている食品サンプルと遜色《そんしょく》が無い仕上がりだ。十分お金を取れる出来映えである。

そこで、ふと悠利は閃《ひらめ》いた。食品サンプルの文化が無いのなら、広めれば良いのではないか、と。

少なくとも目の前に、作れる人がいる。好みのものしか作らないとか、美味《おい》しかったものしか作らないとかが出てきそうだが、とりあえず凄腕《すごうで》の食品サンプル職人予備軍はそこにいるのだ。

もしもこれがちゃんと仕事になったら、サルヴィの道楽は道楽ではなくなる。ブライトが、仕事をしないと幼馴染みを心配する必要もなくなる。アイデアとしては口にしても良いかなと思った悠《ゆう》利《り》だった。

「あの、サルヴィさん、この食べ物の模型、その料理を作っているお店に買ってもらうのってどうでしょうか？」

「ん？　別に売り物じゃないぞ？」

「ユーリ、こんな意味不明な置物、いらないだろう？」

「いえ、メニューの代わりとか、お店の宣伝とかに使えるかなと思ったんです」

「「宣伝に？」」

悠利の提案に、ブライトもサルヴィも首を傾《かし》げた。その二人に、悠利は自分の考えを説明する。

「僕の故郷では食品サンプルと呼ばれていたんですが、飲食店にはメニューの見本として作り物の料理が置かれていたんです。ちょうど、サルヴィさんが作ったその親子丼みたいな感じです」

「見本に並べてどうなるって言うんだ？」

「文字だけのメニューではどんな料理か解らなくても、模型が置いてあったらどんなものか想像しやすいと思いませんか？　それに、看板が立っているより、実物が並んでいる方が目を引きます。そういう意味で、宣伝です」

「なるほど……」

「これが、売り物になる……？」

悠利の説明に、ブライトは真面目《まじめ》な顔で頷《うなず》いた。サルヴィの方は、自分の趣味で作っている物体が商売になるということに実感が湧《わ》かないらしく、ぽかんとしている。そういうところも芸術家タイプなのかもしれない。

現実を呑《の》み込むのは、ブライトの方が早かった。元々自分で工房を切り盛りしているブライトは商売に敏感だ。自由に生きているサルヴィとは違って。

なので、ブライトは親子丼の模型を持ったままのサルヴィの腕を右手で掴《つか》み、左手で悠利の肩をぽんと叩《たた》いた。真顔だった。

「……ブライトさん？」

「ブライト？」

「ユーリ、今すぐ《木漏れ日亭》に行こう。こいつが今まで作った模型は、圧倒的にあの店が多いんだ」

「……あー、お気に入りなんですね、《木漏れ日亭》の料理……」

「あそこの料理はいつでも美味しいんだ。庶民向けで美味い」

「そうですね。大衆食堂ですし」

のほほんと会話をしている悠利とサルヴィ。ブライトはもう既に出かける気満々だった。善は急げということなのだろう。ちゃちゃっと作業場を片付けると、掃除をしているルークスに外出する旨を伝えている。出来るスライムは、掃除を切り上げて悠利の側《そば》にやってきた。主《あるじ》を一人で外出させるつもりなどないルークスである。

流れで自分も《木漏れ日亭》に行くことになっているのだと解った悠利は、首を傾げた。けれど、ブライトに詳しい説明をしてくれと頼まれて、納得した。それに、《木漏れ日亭》の面々とは悠利の方が親しいので。

そんなわけで、悠利はブライトとサルヴィと共に《木漏れ日亭》を訪れていた。勿論《もちろん》、ルークスも一緒にだ。ちょうど客足が途切れている時間帯だったので、店主のダレイオスも看板ウエイトレスのシーラもすんなりと彼らを出迎えてくれた。

テーブルを一つ使って向かい合って座る一同。ダレイオスとシーラが並んで座り、その向かいに悠利達が座る。なお、何故《なぜ》かセンターは悠利だった。ついでに、話の主導権を握るのも悠利だった。食品サンプルについて知識があるのも、ダレイオスやシーラと親しいのも悠利なので、役割分担としては正しい。

なお、一番真剣に話を聞かなければいけない筈《はず》のサルヴィは、割とのんびりとしていた。悠利の隣のブライトの方がよっぽど真剣だった。能天気な芸術家タイプと、その隣でアレコレ苦労する常識人みたいな構図である。……多分間違っていない。

そんなこんなで向かい合った中で、会話の口火を切ったのはダレイオスだった。不思議そうな顔をしながら悠利達に問いかける。

「で、一体何の用事だ？」

「とりあえず、ダレイオスさんとシーラさんにこれを見てもらいたいんです」

「……親子丼、か？」

「うちの器によく似てるわね……？」

初めて見る物体に、ダレイオスもシーラも目を丸くしている。その二人に、悠利はサルヴィを示しつつ説明した。

「それは、こちらのサルヴィさんが作った模型です。こちらで食べた親子丼が美味しくて、それを残しておきたくて模型を作成したそうです」

「これを貴方《あなた》が作ったんですか？　凄いですね……！」

「遠目から見たら本物にしか見えねぇな」

「ありがとうございます」

悠利の説明に、シーラもダレイオスも感動していた。実際、サルヴィが作った親子丼は本物と遜色が無い。シーラが言ったように、器も本物に似せてあるのだ。どこからどう見ても《木漏れ日亭》の親子丼なのだ。

とりあえず、つかみはオッケーだった。サルヴィの技術が確かなので、本物そっくりに作られた模型は二人の興味を引いたようだ。その二人に、悠利は笑顔で提案を口にした。

「もし良かったらこの模型、買い取って使ってもらえませんか？」

「「使う……？」」

「はい。メニューの代わりというか、料理の見本というか、そういう感じで」

にっこり笑顔の悠利の提案に、ダレイオスとシーラは沈黙した。目の前の模型が良く出来ているのは理解している。しているが、それをどうやって使えば良《い》いんだと思う二人だった。ブライトとサルヴィは静かにそんな二人を見守っている。若干ブライトの方が真剣な顔をしているのがミソだった。サルヴィはあんまり気にしていない。とりあえずどうなるんだろうと見守っている感じである。

しばらく考え込んで、ダレイオスは隣の娘に意見を聞いた。自分だけで判断が出来ないと思ったのだろう。何しろ、やったこともない取り組みなので。

「シーラ、どう思う」

「……そうね。もしかしたら、上手《うま》くいくかもしれないわ、お父さん」

「そうなのか？」

「ええ。だって、この本物そっくりの模型があれば、見知らぬ料理もどんな料理か判断出来るんだもの」

「……なるほど」

真剣な顔で呟《つぶや》いたシーラに、ダレイオスも納得した。そう、そこが重要だ。初見のお客様に、どんな料理なのか一発で通じるというのはとても強い。

何故二人がそこに注目したかというと、ここが隣接する宿屋《日暮れ亭》の食堂も兼ねているからだ。宿に泊まる客達が、こちらで食事を取るのだ。なので、常連客以外の新規の客も定期的に訪れる。それを思えば、どんな料理かすぐに解るというのはとても強かった。

「どうでしょうか？」

「とりあえず、買い取る前に一度試させて貰《もら》って良いか？　効果があるようなら買い取るし、他《ほか》の商品も注文したい」

「だ、そうですけど、サルヴィさんどうですか？」

「大丈夫です。あ、それなら、他のも持ってきます」

「「他のも？」」

え？　この人いきなり何を言い出してるんだ？　と言いたげなダレイオスとシーラ。サルヴィは善は急げとばかりに立ち上がって、そのまま走り去ってしまった。意味が解っていない二人に説明をしたのは、ブライトだった。幼馴染《おさななじ》みは辛《つら》いよ。頑張ってほしい。

「すみません。あいつが言いたかったのは、今までに食べて美味しかった料理で作った模型がまだあるから、それを持ってくるという意味です」

「他にもあるんですか⁉」

「仕事でも何でもないのに作ってたのか……？」

「あいつは、美味いものを食べたらそれを模型にしないと気が済まないという、変な趣味があるんです……」

「「…………」」

遠い目をして呟かれたブライトの言葉に、ダレイオスとシーラは沈黙した。悠利は乾いた笑いを浮かべるだけだった。やっぱりサルヴィさんって芸術家タイプだなぁと思う悠利だった。

大急ぎで自宅から戻ってきたサルヴィは、魔法鞄《マジックバッグ》に大量の模型を詰め込んでいた。その数の多さと出来映えの見事さに、一同絶句。それと同時にサルヴィにそこまでさせるダレイオスの料理が凄《すご》いんだなと思う皆《みんな》であった。なお、腕の善し悪《あ》しというよりは、味の好みが大きいのかもしれない。料理の好みは個人差が出るので。

その後、試しに模型を置いてみたら客から好評だったということで、正式にサルヴィと《木漏れ日亭》の間に契約が結ばれた。そして、新しい商品を作るために《木漏れ日亭》に足しげく通うサルヴィの姿があるのでした。

◇◇◇

その日、悠利は従魔のルークスと一緒に街を歩いていた。特に用事も何もない日の、主従でのお散歩である。可愛《かわい》い雑貨を見たり、美味しそうな食材を見つけたり。疲れたら馴染《なじ》みの店でお茶休憩を楽しんだり。そういう、実に他愛《たわい》ない日常を過ごしていた。

そんな悠利の耳に、女性二人の口論めいたやりとりが聞こえた。口論というよりは、片方が何かを訴えて、もう片方がそれをあしらっているという感じだろうか。とにかく、何かもめ事の気配がそこにあった。なので、つい視線がそちらに向いたのだ。

「お願いします。どうか、もう少し休養を取ってください」

「先生は大袈裟《おおげさ》なんですよぉ」

困ったように必死に訴えているのは、白衣が眩《まぶ》しいウサギ獣人の女性だった。真っ白な髪に真っ白な耳が良く映える。鼻の上にちょこんと載った丸眼鏡の奥の瞳《ひとみ》は、綺麗《きれい》な赤色をしていた。ウサギと聞いてイメージする色合いそのもののような綺麗なお姉さんである。

「……ニナさん？」

その姿を見て、悠利は不思議そうに首を傾げた。そこにいたのは、診療所を切り盛りする医者のニナである。悠利達もお世話になるし、悠利は個人的に仕事を手伝ったこともある。普段は診療所で仕事をしている彼女が、どうしてこんな一般民家ばかりの場所にいるのだろうか。

けれど、すぐに往診か何かかなと思い直した。病院のお医者さんは患者が来るのを待っていることが多いが、中には訪問診療を行う人もいる。地元の診療所とかのお医者さんだと、定期的に患者さんの具合を確かめに家へ往診に来てくれることもあるらしい。とにかく、そう考えればニナがそこにいるのは別におかしなことではなかった。

おかしいのは、ニナの態度だ。というか、必死になっているニナと裏腹に、相対している女性がカラカラと笑っているのが妙に気になる悠利だった。

ニナは医者である。それも、ちゃんと腕の良い医者だ。患者に寄り添うことをモットーにしているのか、自分がどれほど忙しくても時間を削って患者のために頑張ってしまうような、真面目で優しいお医者さんである。……まぁ、それで医者の方が倒れたら元も子もないので、近所のおばちゃん達に見張られているらしいのだが。気力だけではやっていけない仕事なので。

「ニナさん、こんにちは」

「キュピピー」

「え？　あ、ユーリくんにルークスくん。こんにちは」

「お仕事ですか？」

「ええ……」

笑顔で挨拶《あいさつ》をした悠利《ゆうり》とルークスに、ニナも笑顔で返事をくれた。悠利の問いかけには、ちょっと困った顔になっているが、概《おおむ》ねいつも通りの友好的なニナ先生である。

その彼女が相手をしていたのは、一人の女性だった。気っぷの良いおっかさんという感じの女性で、乳飲み子を抱《だ》っこ紐《ひも》で胸の位置に固定している。どうやら、産後間もないお母さんのようだ。その人を相手に、ニナは何をしていたのだろうと悠利は首を傾《かし》げる。その視線に気づいたらしいニナが、困ったような顔のままで言葉を発した。

「こちらの方に、もう少し休養を取ってほしいとお願いしていたのよ」

「休養、ですか？」

「ええ。産後間もない女性の身体《からだ》に無理は禁物だから……」

「先生は大袈裟なんですよ。今までも大丈夫だったんですし、そこまで柔な身体じゃありませんよ」

ニナの説明に悠利が目を見開くのと、女性が何でもないのだと笑うのはほぼ同時だった。意味の解っていないルークスは、皆の足下で不思議そうにしている。

ニナがどれほど言葉を重ねても、女性は折れなかった。彼女は三児の母だという。今までも、こうやって家事をしながら子育てをしてきたのだと。先生は大袈裟すぎるのだと笑う姿に、気負いも何もない。本当にそう思っているのだろう。ニナへの悪感情も見えなかった。

だが、だからこそとてもタチが悪いのだと悠利は思った。思って、そして、思わず口を開いてしまった。

「僕もニナさんに賛成です。少なくとも、貴方はもうしばらくは絶対安静にしているべきだと思います」

「ユーリくん？」

「いきなりどうしたんだい、坊や。怖い顔をして」

不思議そうな女性二人に、悠利は真剣な顔で言葉を続けた。そう、これはとても大事なことだった。気づいた以上、悠利も無視は出来ないのだ。

「僕の故郷では、出産直後の女性はきっちり養生しないといけないという認識があります。産後の肥立ちというんですけれど、子供を産んだ後のお母さんは家事も何もしないでしっかりと養生をするのが仕事という感じです」

「そりゃまた、随分と過保護な国もあるんだねぇ」

「過保護かどうかはともかく、少なくとも、出産が命がけであることはどこの国、どの人種でも同じだと思います」

「そうかもしれないが、私は今までだってこうやってきたんだよ。先生も坊やも心配しすぎだよ」

「いいえ」

女性の言葉を、悠利は強い口調で切り捨てた。普段ほわほわしている悠利しか知らないニナは、恐ろしいほどに真剣な表情をした悠利に驚いている。女性もまた、先ほどまでののんびりとした風情の少年とは思えない空気に、困惑しているようだった。

その二人に対して、悠利はゆっくりと息を吐いて感情を落ち着けてから口を開いた。これは、何をおいても伝えなければならないと思ったのだ。

「今、僕の目に映る貴方は、重傷者と同じです。傷が目に見えていないだけで、身体はボロボロです。どうか、ニナさんの言うようにゆっくり休んでください」

「何を、言って……」

「あの、ユーリくんは鑑定の技能《スキル》を持っているんです。ですので、おそらく、鑑定で何か気づいたのだと思います」

「……勝手に人を鑑定したのかい？」

「していません。少なくとも、詳細な状態を見るようなことはしていないです。ただ、僕には、重傷者や重病人は、そうだと解るんです」

胡乱《うろん》げな女性に、悠利は淡々と告げた。全《すべ》て事実なので、隣でニナがこくこくと頷《うなず》いている。ニナのことは信頼しているのだろう。その彼女が肯定しているので、頭から悠利の言い分を否定することはしない女性だった。

それでも、やはり、何を言われているのか解らないのだろう。……彼女にしてみれば、三度目の出産である。今まで恙《つつが》なく行ってきたことなのだ。それを、何故《なぜ》今回に限って咎《とが》められるのかが解らない。ただ、それだけの話である。

「今までは大丈夫だったかもしれません。でも、今は大丈夫じゃないんです」

「だから、さっきから何を」

「今無理をしたら、一生不調を抱えたままになるかもしれません。もしかしたら、命に関《かか》わるかもしれないんです」

どうかお願いします、と悠利は頭を深く深く下げた。見ず知らずの少年にいきなりそんな行動に出られて、女性は何が何やら解っていない感じだった。けれど、悠利は必死だったのだ。名前も知らない、どこの誰とも知らない相手だ。それでも、このまま放置すれば大変なことになるのは解っている。

悠利の保持する鑑定系最強のチート技能である【神の瞳】。真実を、この世の理《ことわり》全てを見抜くほどの圧倒的なまでの能力を誇るその技能が、目の前の女性の体調が危険だと判定しているのだ。強い赤、警戒色として現れるときとはまた別の色味の赤であるが、とにかくそういった反応をしているのだ。

けれど、その辺りの事情を上手く説明出来ずに悠利は困っていた。目の前の女性は、元気そうに見えても今にも死にそうなぐらいに重傷なのだ。当人が気にしていないだけで、身体には本当にガタが来ている。どうすればそれが伝わるだろうかと、必死に考えを巡らせる悠利だが、良い案は浮かばなかった。

「キュウ……？」

大丈夫？　と言いたげにルークスが悠利を見上げる。焦っている悠利を見て心配になったのだろう。そんなルークスの頭を優しく撫《な》でながらも、悠利は視線を女性から離さなかった。目を離した隙に、無茶をして倒れはしないかと不安になったのだ。悠利だけではない。医者としての知見から何かを察しているニナも同じくだ。当人だけが全然解っていないという、実に面倒な状況だった。

「別に、無理や無茶はしていないよ。家事をやってるだけなんだから」

「それが駄目なんです」

「家事は重労働ですよ」

「そんなことを言われてもねぇ……」

女性の言い分に、ニナと悠利は大真面目《おおまじめ》に反論した。実際、家事は重労働だ。休みなんて存在しない、常に働き続けているような状況である。オマケにそこに乳飲み子を抱えているとなれば、いつ休んでいるのかということになる。世のお母さんは忙しいのだ。

これが、体力が完全に回復しており、出産の後遺症もないというのならば、悠利もニナも何も言わない。無理はしないでくださいね、程度の挨拶で終わっただろう。

けれど、この女性の場合はそうはいかないのだ。何とか自分達の抱いている危機感を理解して貰いたいと思う悠利だった。

「こういう言い方をすると怒られるかもしれませんが、最初のお子さんを産んだときと、三人目のお子さんを産んだときでは、状況が違うと思います」

「うん？」

「貴方《あなた》の年齢もそうですし、出産は回数を重ねると、それだけ母親の身体から栄養が抜けていくそうです。……赤ちゃんを育てるときに、自分の中にある栄養も分けてるんだと思います」

「……先生、そうなのかい？」

「少なくとも、回数や年齢を重ねた方は、それだけ回復が遅くなる傾向があります」

悠利の説明に半信半疑だった女性だが、ニナの説明には耳を傾ける。そこはやはり、お医者様の強さだろう。ただの少年の悠利より、医者のニナの言葉に説得力を感じるのは当然だ。

二人の言っていることが同じなので、この場合、どちらの言っていることに重きを置くかは関係ない。悠利もニナも、女性に身体を労《いたわ》ってほしいだけなのだから。

「解りました。なるべくゆっくり過ごすようにしますよ」

「お願いします。ご家族にも、ちゃんと伝えてくださいね」

「はい。……そっちの坊やも、心配してくれてありがとうね」

「あ、いえ。……突然割り込んですみませんでした」

二人の思いが通じたのか、女性は苦笑しながらも彼らの言い分を聞いてくれた。優しい笑顔で告げられた言葉に、悠利は頭を振ってぺこりと頭を下げた。見ず知らずの人間なのにいきなり割り込んだのは悪かったと思っているので。

けれど、間違ったことをしたとも思っていない悠利だった。産後の女性の身体は労らなければならないのだ。どれだけ医療技術が進歩したとしても、出産やその後の産褥期《さんじょくき》に亡くなる女性は後を絶たない。命を産み出すというのは、命がけなのだから。

女性と別れた悠利は、ニナと一緒に診療所に向けて歩いていた。別に診療所に用事があるわけではなかったのだが、何となくニナと会話を続けているのだ。そんな悠利の足下には、ルークスがちゃんと控えている。

「ユーリくん、本当にありがとう。一緒に説得してくれて助かったわ」

「いえ、勝手なことをしてすみませんでした。……でも僕、あのお母さんが無理をして、ずっと苦しい思いをするのは嫌だったんです」

「私もよ。……どこのお母さんも強いの。出産直後だっていうのに、家事があるって動き回っちゃうのよ。でも、それで大丈夫な人と、大丈夫じゃない人がいるのよね」

「ですね」

ニナの言葉に、悠利は深く深く頷いた。実際それは事実だ。産後でも元気に動き回れる人もいれば、ぐったりとして布団の中から出られない状態の人もいる。その辺りは個人差だが、それでもやはり、大なり小なり休養は必要だ。

悠利は日本人なので、日本人の出産事情でアレコレ考えてしまいがちで、この世界のそれとは少々ズレているのは事実だ。なお、日本人は欧米人に比べて産後の回復が遅い。骨格や体格などによるのだろう。悠利は詳しい事情を知らないが、それでも解っているのは、産後の女性は労るべきだということだ。

「体力のある種族の場合は産後すぐに動き回っても大丈夫なんだけどね」

「あ、やっぱりそういうのあるんですね」

「あるわよ。特に、獣人でも狼《おおかみ》とか虎《とら》とか熊《くま》とかの、たくましい種族はそれが顕著ね」

「……つまり、戦闘能力が高そうな種族は大丈夫ってことですか？」

「大雑把に言っちゃうとそんな感じかしら」

悠利の物凄《ものすご》く雑な括り方に、ニナはころころと笑いながら答えた。実際、体力のある種族というのは戦闘に秀でている場合がある。骨格が頑丈だったり、筋肉の質が違ったりするのだろう。その延長線上で、出産時の死亡リスクや産後の回復力の違いなどもあるのだという。自然界は厳しい。

「そういえば、ユーリくん、いつも誰かの体調を鑑定してるの？」

「え？　してないですよ。ただ、物凄く具合が悪い人とかの場合は、わざわざ鑑定しなくても勝手に解っちゃうんですよねー」

「……鑑定ってそういう技能だったかしら？」

「レベルによるのかもしれませんねー。僕、そこそこのレベルなのでー」

ニナの疑問に、悠利はへろろんと笑いながら答えた。上手に取り繕えて良かったと思っている。あくまでも自然な流れで返事が出来たと自画自賛している悠利だった。

まさか、所持技能が普通の鑑定じゃないとか、そのせいでオートモードで色んな機能が作動しているとか、口に出せない事情があるのだ。むしろ、ニナだってそんな爆弾情報を知りたくないだろう。目の前のマイペースな少年が伝説級の技能を持っているなんて思いもしないだろうから。

「うふふ。そうね。ユーリくんはアリーさんのお墨付きだものね」

「恐れ入ります」

そんな悠利《ゆうり》の誤魔化しがちゃんと通用したのか、ニナはくすくすと楽しそうに笑っていた。彼女が口にした内容は確かに事実だった。悠利の能力はアリーのお墨付きだ。むしろ、技能だけで言えばアリーの上位互換である。

「技能をちゃんと使いこなせているのは良《い》いことね」

「そうですね。色々と便利ですし」

「その調子で、仲間の皆さんの体調不良も見抜いてちょうだいね？」

「そのときは、診療所まで連れて行きますねー」

「よろしくお願いします」

「こちらこそよろしくお願いします」

ぺこり、ぺこり、とお互いに頭を深々と下げるニナと悠利。次の瞬間、二人揃《そろ》って破顔した。ちょっとお茶目なニナ先生は、癒《い》やしキャラだった。

「そうそう、今度また、健康診断のお手伝いをお願いしても良いかしら？」

「僕でよければ、喜んで」

「前回、とても助かったの。それに、ユーリくんに言われると皆《みんな》、罪悪感を抱くみたいなのよ」

「………罪悪感とは？」

「何だか、子供を虐めているみたいな気分になるらしいわよ」

「？」

くすくすと笑うニナに、悠利は意味が解らずにこてんと首を傾《かし》げた。実は、童顔で小柄、年齢よりも幼く見える悠利の性質が上手に作用しているのだ。幼い子供に「ちゃんと診察受けてくださいね？」とお願いされると、拒否する自分が大人げない気分になるらしい。棚ぼただった。

次の健康診断を手伝うことも約束して、悠利は診療所にたどり着く前にニナと別れた。ルークスと一緒に街のお散歩の続きだ。天気の良い日に主従で仲良く散歩をするのは、彼らのとてもとても楽しい時間だったので。

後日、「お母さんを休ませてくれてありがとう」という言葉が、女性の長女からニナに届けられた。家族が何を言っても聞いてくれなかったお母さんを、彼女達はとても心配していたのだという。その話をニナから聞かされて、人助けが出来たなぁと嬉《うれ》しく思う悠利なのでした。

◇◇◇

「うわぁ、お煎餅《せんべい》だ……！」

「おや、やはりユーリくんは知っていましたか」

「はい、知ってます！」

目の前に並べられたたくさんの煎餅を見て、悠利は顔を輝かせた。それを持ってきたのは、行商人のハローズおじさんだった。相変わらず、ちょこちょこ悠利と談笑をするために顔を出すのである。

今日の手土産は大量の煎餅である。王都ではちょっと珍しい米菓だ。案の定、いつものごとくハローズが遠方から仕入れてきたお試し品だ。どうやって売り出すかはまだ考え中らしい。

「ユーリくんはライスが主流の地域から来たと言っていたので、これも知っているかなと思ったんですよ」

「お煎餅は凄《すご》く馴染《なじ》みのあるおやつですねー。お祖父《じい》ちゃんの家に行くといつも置いてありました。久しぶりなので嬉しいです」

「それは良かったです」

にこにこ笑いながら煎餅を食べる悠利。その姿を見て、ハローズも微笑《ほほえ》ましげに笑っている。ハローズおじさんにとって悠利は遠縁の子供みたいな感じだった。出会う度にお小遣いならぬお土産おやつを貰《もら》う悠利である。

目の前にあるのはシンプルなお煎餅が二種類。醤油《しょうゆ》味と塩味だ。パリパリと音をさせながら食べるのがまた楽しい。煎餅にも色んな種類があるが、今悠利の目の前にあるのは分厚くもなく薄っぺらくもない、噛《か》んだらパリッと音がする感じの煎餅だった。

ぬるめの麦茶を飲みながら煎餅を食べる。実に平和な時間だった。

「ユーリくんは本当に美味《お》しそうに食べますね」

「美味しいものなので?」

「そんな顔で食べてもらえると、持ってきたかいがありますね」

「これ、売り物にするんですか?」

「どうしようか考え中なんですよね。この辺りで需要があるかどうかが解らないので」

ハローズの言葉に、悠利は確かにと思った。購入した地域やその付近ならともかく、この辺りで煎餅が売れるかどうかは全くの未知数だ。

王都ドラヘルンに米食は広がっている。けれど、米を加工したお菓子は広がっていない。お菓子の類《たぐ》いは洋菓子が大半だ。それを考えると、米菓が売れるかどうかは解らない。商人としては、リサーチをしっかりする必要があるのだろう。

その流れで何故《なぜ》悠利のところに持ってきたのかと言えば、これはただのお土産である。悠利が知っているかな？　喜ぶかな？　という理由でしかない。他愛《たわい》ない雑談をしに来ただけのハローズおじさんだった。仕事はどうしたと言わないでください。雑談も情報収集です。多分。

そんな風に悠利とハローズがのんびりとお茶をしていると、自室から出てきたらしい人影が一つ。リビングに客人がいるのは珍しくないが、それが行商人のハローズであることに気づいたので挨拶《あいさつ》に来たらしい。

「お出《い》でであったか、ハローズ殿」

「あぁ、お邪魔しています、ヤクモさん。お出かけでしょうか？」

「いや、今日は休暇なので荷物の整理などをしている」

「それはそれは、お疲れ様です」

「痛み入る」

穏やかに言葉を交わすハローズとヤクモ。どちらも大人なので、そつなくお付き合いをしている。

とはいえ、個人的に親しいかと言えばそれほどでもない。単純に、彼ら二人の間に接点がないからだ。

そのまま立ち去ろうとしたヤクモは、そこでふと、ハローズの隣でパリパリと煎餅を食べている悠利に視線を向けた。美味しそうにへにゃりと顔を緩めながら煎餅を食べている悠利の姿に、驚いたように目を見張る。その口からこぼれ落ちたのは、紛れもない驚愕《きょうがく》の言葉だった。

「ユーリ、お主が食べておるのは、もしや……？」

「う？　…………っ、ハローズさんのお土産のお煎餅です」

「おぉ、やはり煎餅であったか」

ヤクモの質問に、悠利はもぐもぐごっくんと口の中の煎餅を麦茶で流し込んでから答える。口の中にモノがある状態で喋《しゃべ》るのは行儀が悪いと思っているので、慌てて飲み込んだのだ。

そんな悠利の返答に、ヤクモは顔を輝かせた。ハローズは不思議そうにしている。悠利は逆に色々と合点がいった。ヤクモは和食に近い食文化の地域の出身である。主食は白米だったと語る彼の故郷には、日本食と良く似た食べ物が多々あるらしい。なので、煎餅もあったのだろう。米が主食の国ならば、米から菓子を作り出していてもおかしくはないので。

「おや、ヤクモさんも煎餅をご存じでしたか？」

「うむ、知っている。我《われ》の故郷では庶民の菓子として普及しておったゆえ。よもや、この街で煎餅を見るとは思わなかったが」

「そうですか。もしよろしければ、お食べください。出来れば感想も頂きたいところです」

「喜んでよばれよう」

よほど嬉しかったのか、ヤクモはいそいそと悠利の向かいに座ると、煎餅に手を伸ばす。普段落ち着いているヤクモの珍しい姿に、悠利はきょとんとする。けれど、自分と同じく彼も故郷の味が恋しかったんだなと思うと、仲間意識が芽生えた。そっと、煎餅が入っている箱をヤクモの方へと押しやる程度には同族意識を感じる悠利だった。

ヤクモはハローズに改めて礼を告げてから、煎餅を齧《かじ》る。パキッという小気味よい音がする。硬すぎず、軟らかすぎず。歯ごたえと食感を残しながら、決して食べにくくはないという絶妙な硬さであった。軽い音が何とも心地好《よ》い。

醤油味の煎餅を齧る悠利の目の前で、ヤクモは何かを噛みしめるように塩味の煎餅を食べている。口の中に広がる米菓の香ばしさを堪能《たんのう》しているのだ。噛めば噛むほど味が出るというわけではないが、食感と音、味と匂《にお》いの全《すべ》てが合わさって、懐かしさがこみ上げているのだ。

「お味はいかがでしょうか？」

「実に良い塩梅《あんばい》だ。これはハローズ殿が買い付けて来られたのか？」

「ええ。隣国の米農家の方々が、色々と考えて作っておられまして。試食させてもらって美味しかったので幾ばくか仕入れてきました」

「では、それを我が買うことは可能であろうか？」

「ヤクモさんが、ですか？」

「うむ」

不思議そうに目を丸くするハローズに、ヤクモは大真面目《おおまじめ》に頷《うなず》いた。久しぶりに食べた故郷の米菓に心奪われてしまったらしい。

別に、ヤクモは普段食べている料理が気に食わないわけではない。悠利がいるので和食っぽい食事もしょっちゅう出てくるし、洋食や洋菓子が嫌いなわけでもない。ただそれでも、懐かしい味というのはまた格別なのだ。

それに、煎餅は日持ちがする。時間停止機能という並外れた性能を誇る悠利の魔法鞄《マジックバッグ》ならば問題ないが、普通は食べ物の保存期限を考えて購入しなければならない。そういう意味では、乾物である煎餅は日持ちがするのでありがたいのだ。

「こちらとしては願ったり叶《かな》ったりですが、珍しいですね」

「ハローズ殿から買い付けねば煎餅にはありつけなさそうなのでなぁ」

「それは確かに」

「おや、その口ぶりだと、ユーリくんも煎餅を気に入ってくれたということで？」

「はい。僕も欲しいでーす」

ヤクモの言い分に同意した悠利に、ハローズは楽しそうな顔をする。そんなハローズに、悠利は笑顔で片手を挙げて宣言する。おじさん、これ一つちょーだい！　と注文をするような感じだった。

……煎餅を食べられてご機嫌の悠利です。

「小麦を使ったお菓子はたくさんありますけど、お米のお菓子って見当たらないですよね」

「まぁ、この辺りはパンとパスタが主食ですからね。その土地に応じて食べ物が変わるのは仕方ないことです」

「ですねー」

別にこの地の食文化に文句があるわけではなかったので、悠利はのほほんとしながら頷いた。今は目の前にある煎餅が美味しいのでそれで問題ない。所変われば品変わる。その地に合わせた美味しいものを堪能するのも悪くはない。

それに、ハローズのように遠方から食材を仕入れる者達もいるので、意外と市場では色々なものが手に入るのだ。悠利の馴染みのお婆《ばあ》ちゃんが道楽でやっている店など、多分この地で需要は無いだろうなと思うような食材も並んでいる。お揚げとか豆腐とか。

「それでも、王都ドラヘルンは恵まれている方であろうな。様々な土地から食材が運ばれてくるゆえ、本来ならこの地では食せぬものも食卓に並ぶ」

「そこはまぁ、商人ギルドの努力の賜《たまもの》ということで」

ヤクモの言葉に、ハローズは笑みを浮かべた。穏やかな笑みの奥に、確かな自信が見え隠れしている。ハローズおじさんは、お人好しっぽい行商人のおじさんだが、その実大きな店舗を構える立派な商人である。……当人はあっちこっちに行商で回る方が楽しいとかで、店の方は妻と息子に丸投げなのだけれど。適材適所で上手に回っております。

「一応試食販売をしてみようかとは思っているんですけどね」

「食べてもらわないと話になりませんもんねー」

「そうなんですよ」

しみじみと頷くハローズだった。見知らぬ食べ物を売るときは、それが食べ物だと認識してもらうところから始めなければならない。これがなかなかに難しいものである。

なので、ハローズもどんな風にすれば良《い》いだろうかと思案中なのだという。大変ですねぇと呟《つぶや》きながら、悠利《ゆうり》は暢気《のんき》にお煎餅を食べていた。ただの少年である悠利に商売のイロハは解らないので、思いっきり他人事《ひとごと》だった。しいていうなら、継続的にお煎餅仕入れてほしいな、ぐらいだろうか。僕は食べたい、みたいなノリで。

すると、それまで黙々と煎餅を食べていたヤクモがゆっくりと顔を上げて口を開いた。

「試食販売をされるならば、そのときには茶を添えるのはいかがだろうか」

「お茶、ですか？」

「うむ。紅茶や水ではなく、麦茶かほうじ茶辺りを添えれば、煎餅を食べるのに適していると思うのであるが」

「あー、確かに、お煎餅と紅茶は合わないですねー」

ヤクモの提案に、悠利は強く頷いた。煎餅はやはり、お茶と一緒に楽しむ方が美味しく頂ける気がする。現に今も、飲み物は麦茶である。

麦茶もほうじ茶も緑茶も、一応普通に販売されている。それでも、一番消費量が多いのは紅茶なので、味の好みからは外れているのかもしれない。けれど、和菓子と抹茶を共に楽しむのが茶の湯であるように、お茶と煎餅をセットにして提供するのは悪くない判断であるように思えた。

商売に関しては素人のヤクモと悠利の二人が良いアイデアだと思っても、ハローズがどう判断するかは解らない。しかし、ハローズもまた、お茶と煎餅《せんべい》の相性の良さは解っている。何しろ今、ここで飲んで食べているのだから。一考の余地はあった。

「良いアイデアをありがとうございます。参考にさせていただきますね」

「いや、ただの素人の戯言《ざれごと》ゆえ、話半分ほどに受け止めていただければ幸いだ」

「それでも、煎餅を食べ慣れている人からの意見というのはありがたいものですよ」

にこにこと笑うハローズに、ヤクモも笑みを返した。大人二人の間で、悠利は大人しく煎餅を食べている。ひたすらに食べていた。普段そこまで目一杯食べない悠利にしては珍しい行動である。

「……ユーリ、美味なのは解るが、あまり食しすぎては食事が入らぬのではないか？」

「解ってるんですけど、何だか止まらないんですよねー。お煎餅美味しい」

「まぁ、素朴な味付けで飽きぬからであろうな」

「そうなんですよねー。醬油が良い塩梅で……。これもうちょっと濃かったら、こんな風に食べられないと思うんですけど」

うんうんと頷きながら、ひたすら煎餅を食べる悠利。あまりにも珍しい姿に、ハローズはきょとんとしていた。なお、その悠利に負けず劣らずに、ヤクモも延々と煎餅を食べていた。久しぶりの味を堪能している二人なのである。

「……とりあえず、軌道に乗らなくても少量は仕入れることにしましょうか」

「本当ですか？」

「迷惑ではないのか？」

ハローズの呟きに、悠利とヤクモは素早く反応する。他《ほか》の店では絶対に手に入らない故郷のお菓子が手に入る唯一のルートである。それを確保してくれるというのは、大変ありがたい。

ありがたいが、それがハローズの仕事の邪魔になるのではと心配になる二人でもあった。けれど、そんな二人にハローズはにこにこといつもの笑顔で言葉を続けるのだった。

「確実に買ってくださるのであれば、日持ちもしますし大丈夫かと思います」

「ハローズさん、ありがとうございますー！」

「礼を申し上げる」

煎餅を確保出来ると解った悠利とヤクモは、深々と頭を下げた。よほど煎餅が好きなんだなぁと思うハローズおじさん。とりあえず、確実に売れると解っているので、店で販売するというよりは、他の買い付けのついでに二人の分も買ってくる、ぐらいの分量は用意しようと思うハローズだった。

その後、きちんと商売に繋《つな》がるかどうかは、また別の話である。

「とりあえず、ちょっと多めに確保しておかないと、僕の食べる分が足りない気がするんですよね」

「それは確かに。むしろ、我が持っている方が良いのではないか？」

「……そうかもしれません。お金は僕も払いますから、ヤクモさんが保管してくれますか？」

「任されよう」

「……あのー、煎餅一つで何でそこまで必死なんですか……？」

顔を突き合わせて作戦会議をしている悠利とヤクモに、ハローズは困惑した。確かに煎餅は珍しいかもしれないが、彼らが何を警戒しているのかがハローズにはちっとも解らないのだ。

そんなハローズを見て、悠利は厳かに告げた。大真面目な顔で、真剣に。

「ハローズさん、うちには、誰かが何かを食べていると、自分も食べたいと思って寄ってくる育ち盛りがいっぱいいるんです」

「左様。ましてや、ユーリが持っているとなれば、ねだりに来る可能性が大きい」

「……えーっと」

「皆《みんな》と分け合うのも嫌じゃないですけど、胃袋の大きさが全然違うので、せめて自分の分はちゃんと確保したいなって思うんですよ、僕も」

「何せ、他では手に入らぬからな」

「そこですよねー」

「……はぁ」

大真面目に力説する悠利とヤクモ。ハローズはその言い分を聞いて、脳裏に《真紅の山猫《スカーレット・リンクス》》の面々を思い浮かべた。悠利の言うところの育ち盛りは、訓練生や見習い組のことである。彼らを思い出し、そして、おもむろに納得したように頷くハローズだった。何も否定出来なかったので。

その後、定期的にハローズから煎餅を購入し、お茶と一緒に楽しむ悠利とヤクモの姿がアジトで見られるようになるのでした。なお、商売的にはそこまで爆発的には売れていないけれど、地道に愛好家を増やしているようです。

◇◇◇

「そう言えば、レオーネさんの香水って匂いを被《かぶ》せるものばかりですよね」

「はい？　ユーリちゃん、それってどういう意味かしらぁ？」

悠利の言葉に、レオポルドは不思議そうな顔をしている。美貌《びぼう》のオネェはそんな表情をしていても麗しい。不意を突かれた場合でも印象を裏切るような表情をしないのは流石《さすが》と言える。オネェは生粋の女優であった。……性別は男ですが。

なお、本日はレオポルドの方が《真紅の山猫》のアジトにやって来ているのだった。悠利が店に遊びに行くこともあるが、こうやってレオポルドの方がアジトに顔を出すこともある。

単純に話をしに、つまりは遊びに来るだけのこともあるが、今日は一応仕事でやって来ている。女性陣から注文を受けたハンドクリームを届けに来てくれたのだ。それと、悠利が頼んでおいた匂い袋の材料に使う香料も届けてくれた。そのついでに、こうやって雑談に興じているのだ。

雑談というか、ティータイムと言うべきだろうか。レオポルドがやってくるということで、お茶とお茶菓子をちゃんと用意していた悠利。お茶は花の香りのする紅茶。お菓子はヘルミーネと二人で選んだルシアのケーキだ。凄腕《すごうで》パティシエのルシアさんのケーキはレオポルドもファンなので、お茶菓子として最高だった。

そんな風にティータイムを楽しんでいる最中の悠利の発言である。思いも寄らなかったことを言われたレオポルドは、不思議そうに悠利を見ている。そんな彼に、悠利はいつもの口調で続きを口にした。

「いえ、消臭系は無いんだなぁと思っただけです」

「消臭……？　香水とは無縁のような気がするのだけれど」

「えーっと、匂いって、重ねるとぶつかって気持ち悪くなることもあるじゃないですか？　嫌な臭いを隠すのに良い匂《にお》いを被せるのだと失敗することもあるので、そういう場合に対応して、臭いを消す方向の商品とか無いのかなーと」

「なかなか面白い発想ねぇ」

ぽつりぽつりと口にされた悠利の考えに、レオポルドは面白そうに笑った。何とも言えず楽しそうな笑顔である。

普段のノリと、オネェというインパクトのある属性のおかげでうっかり忘れられがちなのだが、レオポルドは調香師である。香水屋を営むオネェさんというよりも、自らこだわり抜いた素材で良質な香水を生み出す調香師としての顔の方が彼の本質に相応《ふさわ》しい。……早い話が、割と根っからの職人なのである。

なので、悠利の口にした意見は、彼の職人魂を刺激した。より良い商品を生み出すことに情熱を傾けるタイプである。自分が使って心地好《よ》いものというのもあるが、何よりお客様に自信を持って勧められる商品を作ることは彼の最重要課題でもあった。

「嫌な臭いを吸収するというか、消してしまうような感じの香水とか消臭スプレーとかあったら、便利だろうなーと思ったんですよね」

「それはどういう場所に使うのかしら？」

「お家《うち》の気になる場所とか、後は自分に？」

「自分に？」

悠利の言葉に、レオポルドは不思議そうに首を傾《かし》げた。香りを付けるならばともかく、消す場合にも自分に使うというのが想像出来なかったらしい。そんなレオポルドに、悠利は記憶をたどりながら説明する。

「体臭を消すっていう感じですね。特に汗の臭いを他の匂いで中和するという感じのものがありました」

「なるほど。汗の臭いが気になる人は多いでしょうし、確かに需要がありそうだわぁ」

「汗を掻《か》いてるときに強い香りを付けると、混ざって変な臭いになるって聞いたことがあるんですよねー」

「そうねぇ。そもそも香水って、個人の体臭によって香りが変わっちゃうものだから、汗と相性が悪い香りもあるでしょうねぇ」

「奥深いですよねー」

「奥深いわねぇ」

二人揃《そろ》ってしみじみと呟く姿は、妙にのほほんとしていた。紅茶とケーキでティータイムをしながら、話題は香水や匂いについてという、女子会のような状況である。しかし、悠利とレオポルドの二人にしてみればいつものこと。周囲に誰かがいたとしても「あの二人だしなぁ」で終わるだろう。乙男《オトメン》とオネェのタッグは色んな意味で強かった。

とりあえず、悠利とレオポルドは二人で色々とアイデアを出し合った。正確には、悠利は記憶と発想を頼りに色々と雑談を繰り返し、レオポルドがその中から使えそうなアイデアを拾い上げるという感じだ。他人の視点を入れると自分では考えつかない新しい発想が出てくるので、これはこれで有意義な時間らしい。

消臭効果を持った香水が出来上がれば、便利だろうなと二人揃って思う。世の中には、良い香りを纏《まと》いたいと思う人だけでなく、自分の臭いを消したいと思う人もいるはずだ。その層に向けた商品が作れれば、より一層繁盛するに違いない。オネェはロマンだけでは動かない。職人でありながら商売人でもあるので、ただ良さそうというだけでは動かないのである。

「汗の臭いを消すとなると、汗そのものをどうにかしないと駄目かしらねぇ？」

「その辺は僕も詳しくないのでー」

「まぁ、普通あんまり詳しくないわよねぇ」

「消臭剤みたいなのを香水に応用出来たら、嫌な臭いを吸収したり出来ないですかねー？」

「面白そうだけれど、何が利用出来るかしら」

額を突き合わせて相談をしている悠利とレオポルドの表情は楽しそうだ。そう、どちらかというとこれは雑談の域を出ていない。工房に戻れば真剣に材料を物色して考えるだろうが、悠利の前ではそんなそぶりは見せないレオポルドだった。今は悠利とお茶を楽しむ方が大事だと思っているの

かもしれない。

　そこへ、不意に声が割り込んだ。

「汗の臭いを抑える香水があれば、とても便利ですね」

「あぁ。体臭を消せれば、魔物に気づかれにくくなるだろう。襲撃がしやすい」

「どうして貴方《あなた》はすぐにそっちにばかり話を持って行こうとするんですか、フラウ」

「何か間違ったことでも言ったか、ティファーナ？　弓使いにとっては、気づかれないというのはとても重要なんだが」

「それはそうかもしれませんけど……」

　現れたのはティファーナとフラウのお姉様二人組だった。にこにこ笑顔で発言したティファーナであるが、傍らのフラウの発言に困ったように笑う。しかし、フラウは大真面目《おおまじめ》だった。姐《あね》さんは今日も凛々《りり》しい。

　そんな二人の登場に驚いていた悠利《ゆうり》とレオポルドであるが、すぐに気を取り直して笑顔で二人を歓迎した。

「ティファーナさん、フラウさん、お帰りなさい。お仕事お疲れ様です」

「ありがとう、ユーリ。レオーネが来ているとは思いませんでした」

「邪魔ではないか？」

「あらあら、邪魔扱いするわけないでしょう？　ちょうど良かったわ。ご注文のハンドクリームを届けに来たの。確認してちょうだい」

「あら、それはわざわざありがとうございます」

「ありがたい」

くすくすと楽しげに笑うレオポルドに示されて、テーブルの上に並ぶハンドクリームに手を伸ばすティファーナとフラウ。それぞれ、自分が頼んだ香りのものを確認して満足そうである。手荒れは女性の天敵なので、彼女達もレオポルドのハンドクリームの愛用者なのだ。

「それで、汗の臭いを抑える香水を作るんですか？」

「作れたら楽しいわねっていう話よぉ。まだ何も材料が考えついていないわ」

「香水を臭い消しに使うと凄《すご》いことになりそうなので、消臭出来る何かがあれば便利ですよねーっていうお話です」

「それが実現したら、とても助かるんですけどねぇ」

「全くだ」

空いている席に腰掛けて話をする態勢を作ったティファーナとフラウに、悠利とレオポルドは今までの会話内容をざっくりと説明する。お茶の用意をしようと立ち上がるのを制止されてしまったので、ちょっと手持ち無沙汰《てもちぶさた》になっている悠利だった。自分達だけお茶があるのがちょっと気が引けているのだが、まぁ、必要になったら自分で用意するのだろうと思うことで折り合いをつけた。別にここは喫茶店ではないので。

やはり女性としては汗の臭いが気になるのか、ティファーナは随分と興味を示していた。フラウも興味はあるようだが、どうにもその方向性がちょっと違う。お洒落《しゃれ》や身だしなみの方向で気にしているティファーナと、魔物退治に活用出来そうという理由で気にしているフラウ。性格が物凄《ものすご》く出ていた。

「香水そのものに消臭効果をつけるのは難しそうなのよねぇ」

「そうですか……」

「でも、アイデアは悪くないと思うのよ。香水をお洒落として使うのは難しいかもしれないけれど、消臭効果があるとなれば、もっと手軽に楽しんでもらえるかもしれないもの」

「レオーネはいつも熱心ですね」

「あたくし、これが楽しくて調香師をやっているようなものだもの。他《ほか》にはない、あたくしだけの香りを作り出すのはとても楽しいのよ」

うふふと楽しそうに笑うレオポルド。その笑みはいつものように麗しいが、ただそれだけではない自信に裏付けされた強さがあった。調香師として香水を作り、自ら店主を務め、貴族相手にも臆《おく》せず売り込むしたたかさを持った彼の、自信と誇りがそこにあった。

消臭香水があれば便利という話題で盛り上がる四人。皆と話をしながら、悠利はぼんやりと記憶にある知識を思い出す。

「僕が知っているのは、汗が臭うのは、嫌な臭いの元になるものを呼び寄せる成分が出てるから、その成分を抑えることで汗を掻いても臭いがしないって感じのだったんですよねー」

「それはつまり、汗を掻く前に使わないとダメってことかしら？」

「汗を掻く前に予防として使うものと、汗を掻いてから使うものとあったんですよね。後、汗の臭いが染みついた衣服を消臭するものとか」

「ユーリちゃんの故郷って、本当に何でもありね……？」

「まぁ、より良く便利にというのを合い言葉に、あっちこっちで色々と研究をしているような国だったので……」

呆《あき》れたようなレオポルドの言葉に、悠利はそっと目を逸《そ》らして呟《つぶや》いた。魔改造民族日本人は、新しいモノを考えることもあるが、今あるものを改良してより良いものを作り出すことに変な心血を注いでいる部分がある。勿論《もちろん》、悠利もその恩恵に与《あずか》っていたので企業努力その他を悪いとは思っていない。ただ、その情熱、凄いなぁと思うだけである。

なお、悠利が話題に上げたのは制汗スプレーや消臭スプレーだ。いずれも、汗を分泌するときに出た成分に菌が繁殖して臭いの元になっているので、その菌を除菌することで臭いの元を絶つという感じだ。勿論個人差はあるし、必ず汗の臭いが消えるというわけではない。ただ、テレビでそういう理屈で作られていると知っただけである。

極論、汗の臭いをどうにかするなら、重要なのは除菌。香りを重ねることではない。また、嫌な臭いを抑えるためにも、重ねるよりは臭いの元を吸収や分解など出来るならば、そちらの方が効率が良《い》いはずだ。重ねて消そうとするには、かなりの量の匂いが必要になるので。

「難しそうですけれど、もし本当にそんな香水が出来たら皆《みんな》が買い求めると思いますよ。香水に縁が無かった人達も、興味を持つかもしれませんね」

「そうねぇ。そうなってくれると、あたくしも嬉《うれ》しいわ」

ティファーナの言葉に、レオポルドは笑みを浮かべる。完成させるのはとても難しいかもしれない。けれど、確実に喜んでくれるお客様がいるだろうことが解っているので、オネェのやる気はきっちりあった。前向きである。

そんなレオポルドを見て、フラウが力強く頷《うなず》きながら口を開いた。彼女なりの理由で。

「あぁ。魔物除《よ》けの香水と同じく、冒険者も愛用するだろう」

「……フラウ、ですからどうして、貴方はすぐにそちらへ話を持っていくんですか」

「そう言われても、こればかりは性分だからな」

「仕事じゃないときぐらい、そちらから意識を切り離しても良いと思いますけど」

「そこまで器用じゃないんだ。諦《あきら》めてくれ」

「全くもう……」

フラウの言い分は間違ってはいないのだが、妙齢の女性としてそれはどうなんだろうと言いたげなティファーナである。別段、フラウがお洒落その他に興味がないわけではない。普段はパンツスタイルだが、休日にはスカートを穿《は》くこともある。化粧もするし、アクセサリーを身につけたりもする。そういう普通の女性らしい部分もちゃんとあるのだ。

……ただ、今は冒険者、弓使い、としての思考回路の方に全部が向いているだけで。なかなか切り替えは出来ないらしい。

困ったような顔をするティファーナと、いつも通りのフラウ。お姉様二人のじゃれ合いのような会話を聞きながら、悠利はレオポルドに視線を向ける。

「香水にするのが難しかったら、とりあえず固形物からスタートしてはどうでしょうか？」

「つまり、匂《にお》いを吸収する何かを作るところから、かしら？」

「というか、そういうのあったら助かるなーと思っただけです」

「ユーリちゃん、割と自分本位よね？」

「え？　僕、結構ワガママですよ？」

レオポルドの発言に、悠利はきょとんとした。基本的に誰かのために何かをしているほわほわだが、割と自分本位というか、自分の欲求に忠実なところのある悠利である。単純に、自分の欲求に従ったら誰かのためになっている、というのが現実なだけで。

なのでそれを伝える悠利に、レオポルドは困ったように笑いながら「知ってるわよぉ」と微笑《ほほえ》んだ。それぐらい、ちゃんと知っている。それほど長くはない付き合いだが、濃いお付き合いはしているのだ。思い込んだら一直線で好きなことのために突っ走る悠利を、彼らはちゃんと知っている。

「ちなみに、ユーリは消臭用品があれば何に使おうと思っているんですか？」

「靴箱と、トイレとかの水回りに置こうかな、と」

「「……………」」

「ルーちゃんが掃除してくれてますけど、水回りはやっぱり臭《にお》いがちょっと気になるときありますし、靴箱は人数が多いのでサシェじゃ追いつかなくて……」

もうちょっとどうにかしたいんですけどねー、と困ったように眉《まゆ》を下げて笑う悠利。そんな彼の発言に、三人は脱力した。そこに行き着くのかと言いたかったに違いない。どこまでも思考回路が主夫モードな悠利だった。

「解ったわ。とりあえず、消臭関連で何か出来ないか、少しずつ考えてみるわよぉ」

「わーい、レオーネさんありがとうございますー」

「レオーネもユーリに甘いですよね」

「あら、何を言っているの、ティファーナ。ユーリちゃんに甘くない人なんて、この子の周りにはいないでしょう?」

「……それも、そうですね」

「確かにそうだな」

「はい?」

ひらひらと手を振って告げられた言葉に、ティファーナとフラウはしみじみと頷いた。当人だけがよく解っていないが、悠利の周囲は彼に甘い人ばかりだ。運∞が仕事をしているのか、知り合う人は皆、悠利に優しいのである。

外部の人間であるレオポルドにしても、悠利に甘い。自分のテンションに巻き込んでいるように見えて、悠利には甘いオネェさんである。だがしかし、外野の彼よりも、身内である《真紅の山猫》《スカーレット・リンクス》の面々の方が悠利に甘いのは当然と言えた
「何というか、小動物みたいなところがあるからだろうな」

「小動物」

「言い得て妙ですね。流石《さすが》です、フラウ」

「確かに、ユーリちゃんって小動物っぽいわぁ」

「えー……？」

そこは人間にしておいてくれないかな、と思う悠利だった。だがしかし、三人は何一つ譲ってくれなかった。悠利が小動物っぽいのは皆の共通認識らしい。皆に愛されている悠利です。

その後、試行錯誤を続けるレオポルドが、煮詰まる度に《真紅の山猫》のアジトを訪れて悠利や女性陣と相談を繰り返すのでした。消臭系香水が完成するのはまだまだ先になりそうです。

エピローグ　ドラゴネットの肉でタタキをどうぞ

「ドラゴネット、ですか……？」

はて？　と小首を傾《かし》げる悠利《ゆうり》に、目の前の面々は頷いた。お土産だと言って手渡されたのは、大量の肉だった。それもかなり上質な赤身肉だ。綺麗《きれい》に下処理されており、肉屋で買ってくるものと遜色《そんしょく》がない。つまりは、捌《さば》くだの下処理だのをしたことがない悠利でも使える状態の肉ということだ。

それは別に良い。出かけていた面々が食材を持ち帰ることも多々ある。悠利が首を傾げているのは、皆の言う『ドラゴネット』が何であるのかがさっぱり解らないからだ。聞いたことのない魔物だったので。

「あぁ、ユーリはドラゴネットを知らないか？　小型のドラゴンのことだ」

「ドラゴン、倒しちゃったんですか……？」

リヒトの説明に、悠利は目をまん丸にして驚いた。この世界がファンタジーなのは知っていたし、何だかんだで皆が強いのも知っている。それでもやはり、ドラゴンを倒したと言われると驚いてしまうのだ。

いや、彼らが倒したのはドラゴネットなのだけれど。悠利にしてみればどちらも一緒である。ドラゴン＝強いというイメージは鉄板だ。

「ドラゴネットは小型だから、そこまで強くはないからな。後、アレは手負いだったし」

「あぁ。手負いで判断力が低下していたようだからな。それほど苦労せずに討ち取れた」

「せっかくなので、お肉にして持って帰ってきたんですよー」

「……はぁ」

謙遜《けんそん》するでもなく、当たり前のことのようにリヒトが告げる。それに相槌《あいづち》を打つのはフラウとティファーナだ。大人組は平然とそんなことを言うけれど、悠利にはやっぱり、この人達強いなぁという感想を抱かせるだけだ。手負いだろうが何だろうが、あっさりドラゴンを倒してくるとかどういうことだろうか。

そんなことを思ったけれど、それでも渡された肉は美味《おい》しそうだった。皆怪我もなく無事に戻ってきたようなので、細かいことを気にするのは止《や》めた。悠利の仕事は、この美味しそうなお肉をきっちり料理することである。

「それじゃあ、この美味しそうなお肉はありがたく夕飯の材料にさせていただきますね」

「あぁ、楽しみにしてる」

「量だけはあるから、好きに使ってくれ」

「よろしくお願いしますね。今回は脂身が少ないお肉なので、皆が食べられると思いますから」

「了解ですー」

笑顔を残して去って行く大人組。残されたのは、食堂のテーブルの上にでで一んと並ぶ大量のドラゴネットの赤身肉。

そして、微妙な顔をしてその肉を見ている訓練生二人と見習い組一人。大人組と共にこのドラゴネットに遭遇した、ヘルミーネとイレイシアとカミールの三人だった。全員、何やら表情が微妙である。

「で、さっきから三人共ずーっと無言だったけど、何かあったの？」

「何かあったっていうかー」

「改めて、指導係の皆さんの凄《すご》さを痛感したと言いますか……」

「うちの大人組、割と修羅場くぐってるっつーか、ぶっ飛んでるなーと思っただけ」

「……本当に、何があったの……？」

遠い目をしながら呟く三人に、悠利は瞬きを繰り返す。一緒に任務を受けていた三人のこの反応。聞いた話では、ドラゴネットに遭遇したのは想定外だったらしい。その状況でもきっちり倒して帰ってくるのだから、確かに大人組は強いと思う。

「でも、三人も一緒にドラゴネットと戦ったんでしょ？」

「戦ったけど、もう完全にオマケだったもん」

「わたくしは、曲を奏でていただけですし……」

「俺も、とりあえず援護に使えそうな道具準備してただけだしなぁ……」

「……まぁ、怪我無かったんだし、それで良いんじゃないの？」

どうやら、一緒に戦ったことで、改めて大人組との彼我の差を痛感したらしい。別にそれで普通じゃないかなと思う悠利だった。彼らはまだ子供で、訓練生や見習いである。指導係の皆さんと同じ土俵に立てなくても当然だ。

そもそも、リヒトやヤクモは、訓練生という立場にいるけれども元々冒険者として仕事をしていた関係もあって、戦闘能力は低くないのだ。彼らを訓練生枠に分類する方が問題である。

それでも色々と思うところがあるのか、微妙な顔でぼそぼそと何があったかを説明する三人。その話を悠利はとりあえず聞いていた。聞いていたが、同時に目の前の美味しそうな肉をどうやって食べようかなと考えてもいた。安定の悠利です。

「ユーリ、遅くなってごめんー。夕飯の準備手伝う……って、何その肉？」

「あ、ヤックお帰り。これね、ドラゴネットの肉なんだって。皆《みんな》が倒してきたみたい」

「ドラゴネットの肉⁉　倒した⁉」

「うん」

「……うわぁ。相変わらず凄いなぁ……」

自分の課題を終わらせたらしいヤックが、食堂にやってくる。そして、悠利の目の前にある大量の赤身肉を見て驚いていた。説明をされて、更に驚く。その程度には、ドラゴネットの肉は珍しい食材だ。まして、自分達で獲《と》ってきたと言われると、驚きもひとしおだろう。

「綺麗な赤身だし、そこまで真剣に火を入れなくても食べられそうだから、タタキにしようかと思うんだけど、どうかな？」

「タタキってどんなの？」

「表面だけ焼いて、中身は半生の状態で食べるやつ。炙《あぶ》って食べるのに近いかなー？」

悠利のざっくりとした説明に、ヤックはしばらく考え込む。タタキ知らなかったのかーと悠利は能天気に思っていた。地方によって肉の食べ方も様々だ。ちなみに、タタキは表面だけをさっと焼いて食べるので中は生だが、ローストビーフは低温調理で中まで火が通っている。似ているようでちょっと違う二つの料理である。どちらも大変美味しい。

考え込んでいたヤックは、悠利だけでなくその場にいたヘルミーネ達三人の視線も受けながら口を開いた。真剣な顔で。

「……美味しい？」

「ドラゴネットの肉、美味しいから、美味しいと思うよ？」

「じゃあ、それで！」

全《すべ》ては悠利への謎《なぞ》の信頼のなせる業だった。悠利が美味しいと言う料理は美味しいと思っているヤックである。時々、好みに合わない料理が出てくることもあるけれど、そんなことは誤差の範囲内だ。大抵の場合、悠利が美味しいと言った料理はヤックにとっても美味しいので、それで結論が出る。

二人のやりとりを見ていた三人は、どんな料理に仕上がるのだろうかと興味津々だ。自分達が獲ってきた——まぁ、オマケ扱いだったので、正確には獲ってきたのは大人組の三人なのだけれど——ドラゴネットの肉を、悠利がどんな風に仕上げるのかが気になるのは当然だろう。

「それじゃ、準備にかかろっか」

ハ
?

「おー」

「皆はどうするの？　見てるの？」

「「「…………」」」

悠利に視線を向けられた三人は、しばらく顔を見合わせて考え込む。そして、彼らが出した結論はというと。

「見てたらお腹減《なか》りそうだから、夕飯楽しみにしとくー」

「わたくしも、同じくですわ」

「俺もー」

「あははは。まぁ、お肉焼くからね。ここにいると匂いが気になるかもしれないよ」

「それ、ただの生殺しじゃないー」

「そうとも言うね」

悠利の発言に、ヘルミーネはぷぅと頬《はお》を膨らませて訴える。それをさらっと流す程度には慣れている悠利だった。基本的に、味見は料理をしている人間の特権である。その場にいたとしても、おこぼれをもらえる可能性はとても低い。

というのも、それを許可してしまうと、忙しく食事の支度をしている場所に腹ぺこ軍団が押しかける可能性があるからだ。つまみ食いと担当者以外の試食は厳禁と定められているのである。平和な生活のためには守らなければならないルールがあるのだ。

勿論《もちろん》、味見を頼まなければいけないときなどは別だ。誰かが苦手としているから味を確認してもらうとか、逆に誰かに頼まれて作っているからこそ、その人に確認をしてもらうとか。けれど、そういう一部の例外を除いては、料理当番以外は試食が出来ないのである。

なお、このルールを決めたのはリーダー様である。悠利が来てから食事の水準が上がってしまい、調理中に空腹に誘われてついついおねだりしてしまう者が後を絶たなかったからだ。理由無き試食は厳禁というお達しを守らない人間はいない。破った場合の雷が大変怖いので。

そんなこんなで三人が去って行くのを見届けて、悠利とヤックは調理に取りかかる。一応、ドラゴネットの肉は【神の瞳《ひとみ》】で鑑定して、生で食べても大丈夫なぐらいに鮮度が良《い》いことも確認済みだ。変な寄生虫などもいない。そういうことが一瞬で解るという意味では、【神の瞳】を重宝している悠利である。

……そこ、本来の使い方と違うとか、チート技能《スキル》の存在意義とか言わない。持ち主が満足しているんだからそれで良いんです。きっと。

「タレで味を付けるのと、そのままシンプルに塩とか醤油《しょうゆ》で食べるのと、どっちが良いかなー？」

「……いっぱいあるから、両方やったら良いんじゃないかな？」

「それもそうだね。じゃあ、まずはタレを作ろうー」

「おー」

ででんと存在を主張する大量の肉を見て、悠利も納得した。同じ味ばかりでは飽きるかもしれないので、二種類作るのは悪いアイデアではないだろう。

そんなわけで、最初に取りかかるのは焼いた肉を漬け込むタレの準備だ。材料は、酒、みりん、醤油、すり下ろした生姜《しょうが》とニンニク。それらを順番にボウルに入れて、丁寧に混ぜ合わせる。生姜とニンニクの配分は好みだが、とりあえず半々ぐらいにしておく。どちらも肉との相性は抜群である。

「何か、見てるだけで肉に合うなーって思うタレ」

「確かにそうだね。普通の肉も、先にこういうタレに漬け込んでから焼いたら味が染み込んで美味しかったりするし」

「じゃ、今度それで」

「あははは。了解ー」

今日食べたいと言わない辺り、ヤックは学習していた。本日のメニューは本日のメニューである。それに、リクエストを出しておけば、ちゃんと後日作ってくれるのも解っている。他《ほか》の食材との兼ね合いですぐにとはいかないが、それでも食べたいと伝えたら、そのうちそれを作ってくれるのが悠利なのだ。一緒に料理当番をしているヤックはそれをよく知っている。

タレの準備が出来たので、次は肉を焼く準備だ。コンロの上に網を置いて、念入りに焼く。網の色が赤く色づくまで、親の敵かというほどにひたすら空焼きである。その間に、焼きやすい大きさのブロックにカットしたドラゴネットの肉に、塩胡椒《しおこしょう》を振っておく。

網がしっかりと焼けたら、その上に塩胡椒をした肉を載せる。載せるときに火傷《やけど》をしないように気をつけつつ、そっと置いた。途端に、ジュワーッという肉の焼ける音と美味しそうな匂《にお》いが充満する。

「匂いだけで美味《うま》そうなんだけど……」

「解るー。あ、表面だけ焼くから、そんなに長く焼かないいんだよね。後、くっつかないように時々トングで動かして……」

「熱っ！　これ結構熱い……！」

「そうなんだよねー。火傷しないように注意してねー」

「解ったー」

肉が大量なので、二人並んでコンロの前でドラゴネットの肉を焼く。タタキとして食べるので、ブロックの表面部分が焼ければそれでオッケーなのだ。網にくっついてしまわないように注意しながら、コロコロと転がしながら全ての面を焼いてく。

焼き時間は、一つの面で一分か二分ぐらいだろうか。生焼けが怖いならば、もう少し焼いても良い。とはいえ、目の前にある肉によって焼き加減が変わるので、その辺は焼きながら慣れるしかない。なお、箸《はし》を使うよりトングの方が安定しそうという理由でトングを使っているのは、悠利《ゆうり》達が箸で掴《つか》むには、ブロックが少し大きかったからだ。

そうして全ての面を焼き終えたら、先ほど作ったタレの中へドボンと入れる。粗熱が取れたら、このまま冷蔵庫に入れて寝かせれば完璧《かんぺき》だ。味付けなしの肉は、粗熱を取ったら冷蔵庫に入れて冷やす。

「で、お肉だけ並べるのも寂しいから、タマネギのスライスも用意します」

「スライス……」

「頑張って切ろうね！」

「……おー」

笑顔の悠利に、ちょっと疲れたように返事をするヤックだった。タマネギを切ると目が痛くなるのだ。それに、スライスというのは薄切りのことなので、結構神経を使う。その上、人数分を用意することを考えると、まぁ、それなりに、労力がかかる。それを思ってちょっと遠い目になるのだった。頑張れ。

それでも、美味《おい》しく仕上がるだろうドラゴネットのタタキを楽しみに、他の準備も頑張る二人なのでした。


そして、夕飯の時間。

どーんと大皿に盛りつけられたのは、大量のタマネギのスライスとドラゴネットのタタキだった。彩りが寂しいので、レタスも一緒に敷き詰められている。タレに漬け込んだものと、何も味を付けていないので各々で味を付けて楽しめる二種類のタタキが用意されている。見るからに美味しそうな赤身肉だった。

網焼きにした表面はしっかりと火が通っているのに、切り分けられた肉の表面は艶《つや》やかな赤身のままだ。それが、見た目だけでも食欲をそそる。まして、ニンニクと生姜の風味をきかせたタレにつけ込んである方は、匂いまでもが暴力的に腹の虫を刺激するのだ。

「お代わりはいっぱい用意してあるので、遠慮せずに食べてくださいね。後、タマネギやレタスと一緒に食べても美味しいと思います。それでは、いただきます」

「「いただきます」」

悠利の説明の後に皆で唱和する。そこから、……まぁ、予想に違《たが》わぬドラゴネットのタタキ争奪戦が開始されるのだった。

一応、それぞれのテーブルに大皿を並べてあるので、争奪戦はテーブル単位で起きている。一番激しい取り合いをしているのは、やはり見習い組四人のテーブルだった。いずれも遠慮が無いので、美味しそうな肉料理を前に戦いは熾烈《しれつ》を極めていた。

大人組は比較的穏やかに食べているので、それほど騒動は起きていない。ただし、静かに黙々と食べているようで、健啖家《けんたんか》の皆さんは箸が進むスピードが速い。うかうかしていると大皿の中身がどんどん減っていくという状態だった。食べる量や速さが違うとこういうことが起こります。

「あー！　レレイ、一人でいっぱい取らないでよ！　私も食べるのー！」

「まだまだいっぱいあるから大丈夫だよー？」

「レレイの大丈夫はアテにならないの！　クーレ、小皿もう一つ取って！　自分の分確保しておくから」

「そう言うと思って、人数分持ってきた。イレイス、お前も食べたいなら皿に取っておけよ。レレイのやつ、気づいたら一人で食べ尽くすぞ」

「お気遣いありがとうございます。では、わたくしも……」

訓練生のテーブルも割と賑《にぎ》やかだった。というのも、レレイが肉に突撃するのはいつものことだが、今回は珍しくヘルミーネとイレイシアが争奪戦に参戦しているからだ。やはり、自分達が手に入れてきた肉というだけあって、気になっているのかもしれない。それに、ドラゴネットの肉でも赤身の部分ばかりを持ち帰っているので、食が細い面々でも食べやすいのだ。

そして、クーレッシュは色んな意味で手慣れていた。言われる前から人数分（自分とヘルミーネとイレイシアの分）の小皿を用意しているのだ。レレイの食欲を理解していると言えた。

「ひっどーい！　いくらあたしだって、皆《みんな》の分全部は食べたりしないもん！　それに、お代わりあるって言ってたじゃん！」

「言ってたけど、お前の場合は調子乗って気づいたら箸が進んでるだろ！　今までが今までだ！」

「そうよ！」

「二人のあたしの扱いがひどい！」

「『普通！』」

扱いがひどい！　と叫ぶレレイであるが、この場合はクーレッシュとヘルミーネに軍配が上がる。レレイの大食漢は筋金入りなのだ。悪気は無いが、美味しいと思うと配分を考えずについつい食べ過ぎてしまうこともあったので。

そんな風に賑やかなテーブルを眺めながら、悠利は平和に食事を楽しんでいた。というのも、同じテーブルにいるのがアリーとジェイクとブルックだからだ。アリーとブルックはよく食べるが、それでも周りに合わせて調整をする程度には大人である。ジェイクは言わずもがなそんなに食欲旺《おう》盛《せい》ではないので、悠利ものんびりと食べられているのだった。

作るのが大変だっただろうから、食べるときはこっちで食べろ、というアリーの判断だった。美味しく楽しく賑やかに食べる皆の中に放《ほう》り込むと、悠利が負けると思ったのだろう。また、負けるというか、美味しそうに食べる皆に譲ってしまうこともあるので、それを危惧《きぐ》したのかもしれない。保護者は色々と見ているのだ。

「これ、タレの方も美味しいですけど、何も付いていない方を塩で頂くのも美味しいですね」

「大人の皆さんだったら、ワサビも良いと思いますよー。ワサビ醤油《じょうゆ》とか」

「おや、美味しそうですね」

もぐもぐと食べながら悠利が伝えた食べ方に、ジェイクは楽しそうに笑いながらいそいそとワサビ醤油を準備する。ワサビのピリリとした味が苦手でなければ、消毒にもなるワサビ醤油は肉との相性は悪くない。ドラゴネットの肉は牛肉に似たところがあるので、特にそれが顕著である。

悠利はワサビが苦手なので、ポン酢や醤油で食べている。スライスしたタマネギをくるりとタタキで巻いて、そのまま味を付けて口の中へ運ぶのだ。タマネギのシャキシャキした食感と、ドラゴネット肉のとろけるような甘さが何とも言えず良い塩梅《あんばい》だ。半生なので軟らかいのだが、決して噛《か》み切《き》りにくいわけでは無いので、堪能《たんのう》出来る。実に美味だった。

また、タレに漬け込んだ方も美味しい。ニンニクと生姜の風味が肉に染み込んで、タマネギのスライスやレタスと一緒に食べるとさっぱりして大変美味なのである。中には、白米の上にタレ付きのタタキを載せて食べている面々もいる。タタキ丼《どん》も確かに美味しいだろうなと思う悠利だった。タタキの握りとかもあるぐらいなので、タタキと米の相性は決して悪くない。

「網焼きのせいか、香ばしいな」

「表面だけ焼いて色を付けてるんですけど、鮮度の良い肉でないとこの調理法は出来ないので」

「そうだな。生で食えるぐらいの肉、か」

「お店だとなかなか手に入らないので、一度試してみたかったんですよねー」

「お前は本当に、料理について話してるときは嬉《うれ》しそうだな」

「そうですか？」

アリーの言葉に、悠利ははて？　と小首を傾《かし》げた。確かに料理をするのは好きだし、料理について考えるのも好きだ。誰かが美味しく食べてくれるのもとても嬉しい。そんな悠利だから、料理の話題になると普段よりうきうきしているのだが、当人に自覚はない。彼にとってはそれが普通なので。

難しいことはよく解らないが、とりあえずドラゴネットのタタキを堪能する悠利。とても美味しい、と満面の笑みになっている。今度は、このタタキをサラダの上に載せてドレッシングをかけて食べるのも美味しいかもしれない、と色々と考える。どんな風に提供したら皆が喜んでくれるだろう。美味しく食べられるだろう。そんなことばかりを考える、安定の悠利なのでした。

そんなこんなで皆で美味しく食べたドラゴネットの肉であるが、大量に持ち帰ってきたので実はまだ残っていた。今度はそれで何を作ろうかと色々と考える悠利なのでした。美味しいは正義！

特別編　自分好みのサンドイッチを作りましょう

「サンドイッチってさー、おにぎりと一緒で、中身色々変えると楽しいよなー」

　ある日、カミールがそんなことを口にした。

　悠利と見習い組で、大量の洗濯物を畳んでいる最中のことである。色々な雑談をしていた流れでその発言が出てきたので、何でいきなり？　と思わなくもなかった。なかったが、話題が食べ物のことだったので、全員即座に反応した。

「解るー。オイラ、ベーコンのやつが好き」

「俺はカツを挟んだやつが好きだな」

「僕はシンプルにトマトやキャベツのやつが好きかも」

「俺はアレ。玉子フィリングだっけ？　玉子のみじん切りとマヨネーズが混ざってるやつ。アレが好き」

「「解る」」

　カミールがしみじみと呟《つぶや》いた言葉に、ヤックとウルグスが同意した。確かに、玉子フィリングの玉子サンドは美味しい。みじん切りになった玉子はマヨネーズと塩胡椒《しおこしょう》で味が調えられていて、軟らかいのにバラバラにならずに、無限に食べられそうなシンプルさがそこにある。ちなみに、大人向けに辛子マヨネーズにしたり、ちょっと気分を変えてハーブを入れたりと、アレンジは無限大である。

うんうんと皆で納得して頷《うなず》いている中、マグが何も言わなかった。サンドイッチはそんなに好きじゃなかったのかな？　と思う悠利達。そんな彼らの視線に気づいたのか、マグが顔を上げて小さく呟いた。

「玉子焼き……」

「え？」

「はい？」

「いきなりどうした？」

「あー……」

「玉子焼き」

「「ウルグス、通訳！」」

「通訳言うな！」

マグの言葉の意味が解らないのはいつものことだ。自分達で考えようとした悠利達だが、マグが重ねるように同じ言葉を繰り返すのを見て、一人意味が解っているだろうウルグスに通訳を頼んだ。このまま自分達が理解するまで同じ単語を繰り返されるのは、軽くホラーである。

なお、ウルグスは怒鳴っているが、彼がマグの通訳なのは不文律なので仕方ない。今更だ。そもそも、ただ一人マグの発言を理解出来ている段階で、色々と諦《あきら》めてほしいものである。マグがちゃんと話すようになるまでは、彼がマグの通訳なのは確定事項だ。

……そこ、完璧《かんぺき》な通訳がいるから現状維持のままじゃないのか？　とか言わない。それを言ったらおしまいです。ウルグス本人がまだ気づいていないのだから、その可能性はそっと封印してあげてください。今はまだ。

「マグは、玉子焼きのサンドイッチが食べたいんだとよ……。ほら、ユーリが出汁系《だしけい》だけで味付けしたのあっただろ。あの玉子焼きを挟みたいらしい……」

「何でさっきので解るの……？」

「っていうか、玉子焼きってサンドイッチに挟むもんなの？　オイラ、そっちの方が気になる」

「俺も」

ウルグスのとても解りやすい説明に、思わず目が点になる悠利《ゆうり》だった。本当に、何で彼は先ほどの単語でここまで読み取れるのだろうか。一種の特殊な才能でもあるのではないかと疑ってしまうぐらいだ。別に変な技能《スキル》などは無いのだけれど。

それはさておき、純粋な疑問としてヤックが口に出した意見に、カミールも同意した。確かに、今までサンドイッチに挟む玉子料理は、玉子フィリングだったり、輪切りのゆで玉子だったり、薄焼き玉子だったりしか彼らは知らない。でで一んと存在を主張する玉子焼きがサンドイッチに参加出来るのかどうか、不思議に思ったのだろう。

しかし、そんな二人に悠利は笑顔で言葉をかけた。

「玉子焼きを挟むサンドイッチもあるよ。どんな玉子を挟むかは、僕の故郷でも地域によって違うんだけどね。でも、少なくとも焼きたてのふわふわした玉子焼きを食パンで挟むサンドイッチはあったよ」

「「あったんだ」」

「玉子焼き！」

「待て、落ち着け、マグ。別に今日の飯はサンドイッチじゃねぇし、さっき昼飯食ったところだから、今すぐ用意しろとか訴えるの止《や》めろ。悠利の襟首引《ひ》っ掴《つか》もうとすんな。首が絞まる」

「……諾」

「ウルグス、本当に、凄《すご》いね……？」

悠利の言葉に弾《はじ》かれたように動こうとしたマグは、即座に隣にいたウルグスに確保されていた。彼が何をしようとしていたのかが解らず困惑していた悠利達であるが、ウルグスが言い聞かせるように彼の行動を説明してくれたので全容が把握出来た。そしてやはり、今の流れで何で全部解るんだろうと思う悠利だった。もはや通訳というより飼い主みたいになっている。

とはいえ、美味《おい》しいサンドイッチが食べたい！　というマグの欲求は理解出来るのか、ヤックとカミールも自分が食べたいサンドイッチを口に出し始める。その談義自体は楽しいので、悠利やウルグスも加わる。今までに食べたサンドイッチや、逆に食べてみたいサンドイッチについて話すのは、実に楽しい時間だった。

サンドイッチは奥が深いので、挟む食材だけでなく使うパンによっても味が変わる。また、食事としてだけでなく、ジャムやフルーツを挟めばデザートにもなる。そういう意味で、無限の可能性が広がっているなぁと再確認する悠利なのでした。

そんな会話を楽しんだ数日後、悠利は見習い組全員をアシスタントにして、とある計画を実行していた。夕飯にそれを持ち込んだのは、その方が全員が楽しめると思ったからだ。どうせなら皆がいるときにやりたかったので。

「と、いうわけで、今日はサンドイッチバイキングです」

「……で、それはどういうものなんだ？」

「ここに、パンも具材も大量に用意してあるので、皆さん自分が食べたいと思うサンドイッチを作って食べてください。スープとサラダも用意してありますし、ライスもあります」

アリーのツッコミに、悠利は晴れやかな笑顔で説明をした。彼の言葉通り、食材置き場と化したカウンター前の一部のテーブルには、大量のパンと具材が用意されている。大きなボウルに入ったサラダや、大鍋《おおなべ》に入ったスープもある。ライスだけは台所の炊飯器の中だが、その程度は誤差だろう。

そして、注目するべきはパンの種類だった。食パンだけでなく、ロールパンやコッペパン、ベーグルっぽいものまで大量に用意されている。更に特筆すべきことがあるとすれば、いずれのパンもいつもの半分ぐらいの大きさになっていることだろうか。食パンは自分で切れば大きさの調整は可能だが、他《ほか》のパンはそもそも作る段階で大きさを小さくしなければならない。どう考えてもパン屋のおじさんを巻き込んだと解る案件だった。

それが解るだけに、アリーは額を押さえながらツッコミを口にするのだ。今度、何か手土産を持って謝罪に行こうと思う程度には、悠利がやらかしたんだろうなと思うアリーだった。間違っていない。でも一応ちゃんと代金は払っているので、怒られる案件ではない筈《はず》である。手間賃も上乗せしてあるので。

「いやだから、何でそうなった？」

「この間ヤック達と話していて、サンドイッチの好みも色々あるなぁとなりまして」

「なるほどな」

「それなら、皆さんに自分の好きなサンドイッチを作って堪能して貰《もら》えば良《い》いかなと思いました！」

「そこで何でそうなった」

そうじゃないだろうというアリーのツッコミは届かなかった。えっへんと胸を張る悠利のセリフに、拍手が重なったからだ。やったぜ！　と言いたげな仲間達の姿に、アリーは疲れたように脱力した。何だかんだで悠利に胃袋を掴まれている面々なので、自分達のために用意された特別仕様のご飯となると、全員判断基準が物凄《ものすご》く甘くなるのだ。どう考えてもアリーが孤立無援である。

いや、そのアリーにしても、悠利が皆《みんな》のためを思って美味しいご飯を用意してくれることを否定したくはないのだ。彼もまた、悠利の食事が美味しいことをちゃんと解っている一人である。表だって口にしないだけで、アリーも胃袋を掴まれている一人である。言わないだけで。

「……解った。作ったもんをどうこう言っても始まらないな。……ちなみに、ちゃんと量は用意してあるんだろうな？」

「一応、お代わり出来るように準備はしました」

「足りなくなっても知らんぞ」

「全部が売り切れることはないかなと思うんですけど……？」

「……アレを見てもか？」

「うわぁ」

アリーが疲れたように示した先では、「まだ？　まだ取っちゃ駄目なの？　ねぇ、まだ？」と言いたげな顔をしている訓練生や見習い組の姿。大人組も、楽しそうな顔をしている。どう考えても大盛況になりそうだった。皆、自分の腹の虫に正直である。

あははと乾いた笑いを浮かべて、悠利はぼそりと「足りなくなったら追加作ります」と呟いた。頑張れと言いたげにぽんぽんと肩を叩《たた》いてくれるアリーに、ちょっと癒《い》やされる悠利だった。お父さんは今日も解りにくいところで優しいのです。

そんなこんなで、開始を告げられた一同は、自分の好みのサンドイッチを作るために動き出した。パンも具材も様々な種類があるので、何をどう作ろうか悩むところである。それでも、うきうきわいわいと楽しそうな感じなので、良かったと思う悠利だった。

ちなみに、パンの大きさを小さくしているのは、お代わりを楽しめるようにだ。大食漢達はともかくとして、小食の面々だって色々な味を楽しみたいに決まっている。そんな彼らがどうしたらお代わり出来るだろうかと考えて、パンを小さくするアイデアにたどり着いたのだ。パン屋のおじさんにはちょっと面倒をかけてしまったが、悠利の考えを伝えたら面白がって協力してくれたので、今回はまだセーフです。

　今日の試みの発端になった見習い組はというと、悠利と一緒に準備をしていたのでどんな具材が用意されているのかを知っている。そのために、他の面々が何を作ろうか悩んでいる間に、自分が作りたいサンドイッチを作って席に着いているのだった。事前情報というアドバンテージがあるだけに、大変素早かった。

「玉子焼き……！」

「お前、それ食べたいって言ってたもんな。美味《うま》いか？」

「美味」

「良かったな」

　食パンに玉子焼きを挟んだだけのシンプルなサンドイッチを手にしたマグは、ご満悦だった。食べる前からうきうきしているマグに、ウルグスは苦笑している。

　ちなみに玉子焼きは味の好みで派閥があるので、せっせと全種類準備した彼らである。醤油《しょうゆ》、塩、砂糖、何もなし、そして、マグがお気に入りの鶏ガラと和風の二種類の顆粒《かりゅう》だしを入れたもの。同じ玉子焼きでも味が違うだけで別の料理になるので、そこは妥協せずに種類を揃えたのだ。というか、自分の好きな味が無かったら悲しいだろうなと思ったからである。食べ物の恨みは恐ろしいので、公平にするべきだと判断したのだった。

　あーんと大きな口を開いて、ばくりと玉子焼きサンドにかぶりつくマグ。もごもごと口を動かしながら、堪能《たんのう》しているらしい。表情はそこまで動いていないが、彼が美味しいと思って食べているのは一目瞭然《いちもくりようぜん》だった。食パンのふわふわした部分と、玉子の軟らかさが良い感じに合うらしい。鶏ガラと和風の優しい味が、口の中に広がって、マグにとっては至福である。

そのマグの隣でウルグスは、分厚いベーコンがメインのサンドイッチを食べていた。レタスとタマネギのスライスも一緒に挟んでいるが、このサンドイッチのメインは厚切りベーコンだ。他に何も味を付けなくても、ベーコンの旨みだけで十分に美味しいのだ。食パンごとがぶりとかじりつけば、肉汁が口の中に広がる。

シャキシャキとしたレタスや、スライスして水にさらしたタマネギの辛みの抜けた甘さも、ベーコンの旨みと相まってとても美味しい。まだまだこれからたくさん食べる予定なので、最初はこのぐらいに軽いサンドイッチにしようと決めたウルグスなのだ。……まぁ、彼は大食いなので、これからもまだいっぱい試したいサンドイッチがあるのだ。

「マグ、本当に美味そうに食ってるよなー。玉子フィリングも美味いぞ？　次やってみたらどうだ？」

「玉子焼き」

「お前本当に、自分がこれと決めたやつから動かないよな？」

「美味」

「はいはい」

ハーブ入りの玉子フィリングを挟んだサンドイッチを片手にカミールが告げれば、マグは面倒くさそうに頭《かぶり》を振った。どうやら、お代わりも玉子焼きのサンドイッチを食べるつもりらしい。何を食べるかは自由だし、スープとサラダで野菜を取っていれば悠利も文句は言わないだろう。それが解っていても、安定のマグに呆《あき》れるカミールだった。

とはいえ、他人に構っていても別に良いことがないというのも解っているので、いただきますと小さく呟《つぶや》いて、玉子フィリングのサンドイッチを一口。ふわふわの食パンと、ふわふわの玉子フィリングが口の中に優しく入ってくる。シンプルにマヨネーズと玉子の旨みだけで食べるのも良いが、乾燥ハーブを幾つも混ぜて風味を加えたバージョンも好きなカミール。ちょっと上質な感じがするのがミソらしい。

玉子フィリングだけをたっぷり入れたサンドイッチも美味しいが、ふと思いついたのかカミールはサンドイッチの玉子フィリングをサラダの上にぽとりと落とした。ぱくりとサラダごと口の中に運べば、玉子の旨みとサラダのシャキシャキが合わさってとても美味しかった。即席玉子サラダの完成だ。

「アレ？　カミール何か面白いことしてる」

「いやー、玉子とマヨネーズだからサラダに合うかと思ったんだけど、めちゃくちゃ合うわ。後でサラダの上に載せて持って来よう」

「オイラもやってみよー」

カミールのアイデアに、ヤックは美味しそうと笑顔になった。美味しいものは皆で共有してこそである。自分一人で楽しんでも美味しさが半減することを知っている彼らは、自分が食べて美味しかったら周りに伝えるのが普通になっていた。

そんなヤックは、コロッケサンドを食べていた。シンプルな、ヤックが一番好きな、タマネギとバイソンとオーク肉の合《あ》い挽《び》きミンチとジャガイモだけのコロッケだ。下味に塩胡椒《しおこしょう》をしているだけのシンプルなコロッケである。サンドイッチにしやすいように、少し薄めの小判型に仕上げてある。もちろんこれも、少し小ぶりだ。

ヤックはそのコロッケを、キャベツと一緒にコッペパンに挟んでいた。ソースもちゃんとかけてある。パンとコロッケ、キャベツを一緒に頬張《ほおば》れば、ソースの甘さとコロッケの旨みにキャベツのシャキシャキした食感が混ざって、口の中でハーモニーを奏でる。端的に言って、美味しい。コロッケ大好きなヤックなので、特にそれが美味しいと感じてしまう。

「お肉ー！　お肉ー！」

「解ったから騒がずに食えよ」

「お肉美味しい！」

「はいはい」

ででんと大量に肉を挟んだサンドイッチを前にレレイはご満悦だった。ツッコミを入れるクーレッシュの言葉など半分以上聞こえていないのだろう。思う存分焼いた肉を挟んでいるので、随分と分厚くなってしまっている。大口を開けなければ食べられないだろうなと思うのだが、レレイは一切のためらいもなく大きな口を開けてそれにかぶりついた。豪快である。

食パンのふわふわした白い部分に、焼いた肉に付いていた生姜《しょうが》焼きの味がじゅわりと染み込んでいる。一枚一枚は薄いので噛《か》みやすいが、大量に挟んでいるのでボリュームはばっちりだ。肉食女子ご満悦のサンドイッチに仕上がっている。

なお、悠利《ゆうり》が同じものを作るならキャベツの千切りやタマネギのスライス、レタスなどを追加するだろうが、お肉大好き女子のレレイはそんなことはしなかった。パンと肉だけで満足そうに笑っている。まぁ、サラダやスープも食べているので何も問題ないだろう。美味しいは正義です。

見ているだけで満腹になりそうなレレイの豪快な食べっぷりに溜息《ためいき》をつきつつ、クーレッシュもサンドイッチに手を伸ばす。こちらは小ぶりのロールパンにボイルしたウインナーとキャベツの千切りを挟んでいる。ケチャップとマスタードをアクセントに添えたそれは、ホットドッグもどきだった。何故《なぜ》もどきかというと、数種類のウインナーを挟んでいるからだ。普通、ホットドッグは一本入りなので。

齧《かじ》れば、ぱきりとウインナーの弾力が伝わってくる。そして、その齧った断面からじゅわりと肉汁が溢《あふ》れてくるのだ。甘いケチャップと刺激的なマスタードの取り合わせもまた良い。キャベツがウインナーの熱でしんなりしているので食べやすい。総合評価として、クーレッシュの好みの仕上がりだった。

自分の食べたいサンドイッチを、自分の好きなように作る。悠利がそんなことを言い出したときには何を言っているんだと思ったけれど、実際食べてみてこれは良いなと思うクーレッシュだった。好みがバラバラなので、自分で調整出来るのは本当にありがたいのだ。勿論《もちろん》、普段の悠利の料理もとても美味《おい》しいのだけれど。

「レレイ、相変わらず肉尽くしなのね」

「ふぇ？　おいひいぉ？」

「美味しいのは解ったから、口の中いっぱいにした状態で喋《しゃべ》らないでよ。全く、子供じゃないんだから……」

「そいつには言うだけ無駄だろ」

「それもそうね」

「ッ⁉」

呆れたようなヘルミーネの言葉に、レレイは驚愕《きょうがく》したように目を見開く。何かを言いかけたが、口の中に大量にサンドイッチが残っているので何も言えない。もだもだした感じのレレイを無視して、ヘルミーネは作ってきたサンドイッチをぱくんと食べた。

ヘルミーネが手にしているのは、ハムとキュウリとレタスを挟んだものだ。シャキシャキのレタス、瑞々《みずみず》しいキュウリ、そして味の決め手となるハム。味付けはシンプルにマヨネーズ。食べる度にレタスやキュウリがシャクシャクと音を立てるのが楽しそうだ。

楽しげに、時々口論を交えつつも楽しそうな三人。その姿を少し離れた席で見守りながら、イレイシアは柔らかく微笑《ほほえ》んでいた。仲が良いと思っているのだ。ただ、自分が積極的にあの中に交ざろうと思うかと言うと、また別の話である。

「イレイス、ちゃんと食べてる？」

「ええ、食べています。大丈夫ですよ、アロールさん」

「それなら良いんだ。気を抜くとあの辺に全部食べ尽くされそうだからね」

イレイシアの隣に座っていたアロールは、彼女を気遣っている。それというのも、イレイシアは食が細い上に控えめな性格をしているからだ。賑《にぎ》やかに皆《みんな》が取り合っていたら、そっと一歩引いてしまうこともあり得る。それを心配したのである。

「それは確かに。アタイも自分の分は確保しないと」

「あははは。あんなにいっぱいあるんですから、大丈夫ですよ。……多分」

「ロイリス、最後の一言、君もちゃんと解ってるんじゃないか」

「いえ、あの、……冷静に考えると否定出来ないなぁと思いました」

アロールの発言にミルレインも同意した。ロイリスは一瞬否定しようとしたけれど、出来なかった。アロールに突っ込まれているが、無理のないことだ。彼らの愛すべき仲間達は、美味しいご飯に目がないのである。油断したら全部食べ尽くされていたという可能性も否定出来ない。

訓練生の中でも比較的特殊な若手四人は、何だかんだで仲が良《い》い。冷静に話が出来る取り合わせと言えば良いだろうか。感情にまかせて突っ走るところはあまりないので、この四人だけだととても平和だ。なお、一番主導権を握るのはアロールだったりする。最年少の十歳児が一番強いのは、多分性格のせいだろう。

この四人が特殊枠というのは、所属している理由による。

アロールは魔物使いとしての技量は問題ないので、少し苦手な人付き合いに関して学んでいる。

イレイシアはトレジャーハンターとしてというよりは、身を守る術《すべ》を身につけるためという方面が強い。そして、ミルレインとロイリスの二人は、自らの力で素材を獲得出来るようにという感じで職人との兼業である。純粋に冒険者としての技量を上げるために所属している面々とは、ちょっと事情が異なるのだった。

「イレイスのそれって、野菜ばっかり？」

「いいえ、違いますわミリー。エビのソテーがあったので、それを挟みました」

「エビ？　あったっけ？」

「ありましたよ、ミリー。ただ、少し奥まった場所に置いてあった気がしますけど」

「イレイス用にユーリが置き場所考えたんじゃない？　ユーリだし」

「まぁ」

「「確かに」」

小ぶりのロールパンの中に、イレイシアはキャベツやキュウリ、レタスを挟んでいる。トマトもチラリと見えた。なので、野菜ばかりなのかと思ったミルレインが問いかけたのだが、実はその中にはエビのソテーが交ざっている。肉や玉子などの大盛りにされた食材とは別に、少し奥まった場所に置かれていたのを彼女は発見したのだ。人魚だけに魚介類が大好きなので。

その彼女のために、悠利が目立つ場所を避けて置いたのではないかというアロールの考えには、全員が同意した。悠利なら、そういうことをさらっとやりそうだ。それに、実際問題として魚介類にそこまでこだわりを持っているのはイレイシアだけなので、彼女が見つけているならそれで十分だろう。

そんな悠利の優しさを噛みしめながら、イレイシアはぱくりとロールパンの野菜エビサンドを食べる。口が小さいので少量ずつしか食べていないが、それでも幸せそうな笑顔になって食べている。エビのソテーは塩胡椒で味付けをした後にバターで風味付けがしてあるので、それだけ食べても十分に美味しい。口の中に広がるエビの旨みに幸せそうなイレイシアだ。

イレイシアがちゃんと食べていることを確認して満足したのか、アロールも黙々とサンドイッチを食べている。こちらは、食パンにレタスとトマト、ハムとチーズを挟んだシンプルなもの。マヨネーズなどの調味料は一切使わず、ハムとチーズの味で食べている。チーズ大好きなアロールなので、チーズだけがちょっと分量が多い。自作するとそういうことが出来るので嬉《うれ》しい限りだ。

ハムとチーズの旨みが口の中で広がるし、それを支えるようにトマトの酸味とレタスのシャキシャキした食感が入ってくる。あ、これ美味しい、と無意識に小さく呟いてしまう程度にはお気に召したアロールだった。普段あまり大きく感想を言わない彼女がぽろりと零した本音に、周りの三人は気づいていたけれど何も言わなかった。ちょっと微笑ましい気分になっていたので。

「ミリーは結構豪快に持ってきましたね？」

「今日は工房で鋼を打ってきたから、しっかり栄養をとろうと思って」

「なるほど。それは重要ですね。僕も今日は工房で仕事をしていたので、しっかり食べようと思います」

「体力が一番大事だしな！」

「はい」

物作りコンビは力強く頷《うなず》き合っていた。どんな仕事でも体力は大切である。そして、それを当人

がしっかり理解しているというのは重要なことだ。だからこそミルレインとロイリスは、ちょっと疲れていてもご飯を食べるのだ。食べて寝るのが体力回復に一番なので。

ロイリスに豪快に持ってきたと言われたミルレインのサンドイッチは、チキンカツが挟んである。キャベツの千切りと一緒に挟んでいるのだが、かなりのボリュームになっている。味付けはケチャップとマヨネーズを合わせたオーロラソース。ばくりと大きな口を開けて齧れば、口の中にじゅわりと旨みが広がる。チキンカツのジューシーさと、キャベツのシャキシャキした食感。そこにオーロラソースがアクセントを添えていて、何とも言えず食が進む。甘塩《あまじょ》っぱい感じのオーロラソースは、ミルレインの密《ひそ》かなお気に入りである。

なお、ミルレインを豪快と称したロイリスの方は、スクランブルエッグを挟んだロールパンを食べている。ケチャップを付けただけのシンプルなスクランブルエッグだが、半熟に仕上がっているのでとても美味しかった。具材の詰め込み方が標準的なのは、その方が食べやすいと判断したからだ。これからお代わりを繰り返すつもりのロイリスである。

「それにしても、具材の種類が物凄《ものすご》いよね。アレを全部用意するのって、物凄く大変だったんじゃないのかな……?」

「大変だったと思いますわ。何しろ今日は、見習い組が全員一緒に準備をしていたそうですから」

「そこまで念入りにやるかな、普通……」

今日は記念日でも何でもない普通の日なのに、とぼやくアロール。けれど、そう言いながらもお代わりをするために立ち上がるのだから、彼女も今日の催しを喜んでいるのはバレバレだ。素直じゃないなぁと思いつつ、口にしたら怒られそうなので大人しく黙っている三人だった。僕っ娘《こ》のプライドを刺激するのは良くない。

勿論、自分で好きにサンドイッチが作れるこの企画を楽しんでいるのは、訓練生や見習い組の若手達ばかりではない。指導係をはじめとする大人組も、それぞれのペースできっちり楽しんでいる。特に、大食漢に分類されるリヒトやブルックは、一度に二つ三つとサンドイッチを作ってから席に戻る程度には満喫していた。

「リヒトはよく食べますねぇ。それ、何個目でしたっけ？」

「六個目ぐらいか……？　でも、いつもよりパンの大きさが小さいから、それほど大量に食べているわけじゃないと思うが」

「確かにその通りだな」

「いや、六個も食べてたら結構な分量だと思いますよ？」

ジェイクの問いかけにリヒトは記憶をたどりながら答える。自分なりの見解を伝えたリヒトにジェイクが返事をするより先に、フラウの声が割り込んだ。同意を示したお姉様と裏腹に、ジェイクは呆《あき》れたようにツッコミを入れた。いくら小さなパンとはいえ、サンドイッチにしている段階で具材の分が増えているし、それを六個も食べたら結構満腹になると思ったのだ。

しかしそこは、胃袋の大きさが違うリヒトである。普段からジェイクの倍ぐらいは食べている彼は、不思議そうに首を傾《かし》げている。まだ食べる気満々だった。なお、その向かいに座っているフラウも同じような反応をしている。

「ティファーナ、どう思います？」

「私や貴方《あなた》ですと満腹になるかもしれませんけど、この二人だとまだまだ足りないのだと思いますよ」

「よく食べますよねぇ……」

「あちらの方がもっと食べていますよ、きっと」

「あー……。若者は元気で良いですねー」

ティファーナが示した先には、賑やかに騒ぎながら、サンドイッチを作っては食べてを繰り返している見習い組や訓練生の若手達がいた。騒々しいのはお約束だが、怒られるほどに大騒ぎをしていないのは、これがいつものことだからだろう。互いに何が美味しかったかを情報交換しながら、サンドイッチ作成を楽しんでいるようだった。

若者はよく食べますねーなどと呟《つぶや》きながら、ジェイクはぱくりとポテトサラダを挟んだロールパンを食べている。外側にレタスをしいて、間にポテトサラダを詰め込んだのだ。軟らかなポテトサラダとロールパンが合わさって結構美味しい。レタスのシャキシャキした味わいも良い感じである。挟んで食べても良いし、そのまま食べても良いので、ポテトサラダは万能だなぁと思うジェイクだった。

リヒトは数種類の肉をそれぞれパンに挟んで持ってきていた。オーク肉の生姜《しょうが》焼きや、ビッグフロッグの照り焼き。それに、ちょっと奮発したのだろうバイソン肉の塩焼きもあった。いずれもキャベツやタマネギのスライスと一緒に挟んでいるのは、肉と野菜を一緒に食べた方が良いという悠《ゆう》利《り》の言葉を思い出したからだろう。

　ばくばくと景気よく食べるリヒトの表情は幸せそうである。オーク肉の生姜焼きは生姜のさっぱりした風味がアクセントになっているし、ビッグフロッグの照り焼きはみりんを使った甘辛い風味が食欲をそそる。バイソン肉は塩焼きだが、そのシンプルさが逆にキャベツの千切りと相性抜群だった。結論として、どの肉もサンドイッチにして美味《おい》しいということだ。お代わりをしたくなるのも当然だった。

「ところで、ティファーナは何を挟んでいるんだ？」

「これですか？　うふふ、トマトソースです」

「ソースだけなのか？」

「ええ。キノコのたっぷり入ったトマトソースだったので、そのまま堪能《たんのう》するのも良いかなと思ったんです」

「なるほど」

　フラウに問いかけられて、ティファーナはにこにこ笑顔で答えた。彼女が手にしたロールパンには、たっぷりのトマトソースが挟まれていた。食感の違いを楽しむためにキャベツの千切りも一緒に挟んであるのだが、比率としてはトマトソースの方が多い。メインになる具材はどう見てもトマトソースだった。

　このトマトソースも悠利達が作ったもので、トマトの水煮と色々なキノコを入れて作ってある。キノコの旨みがぎっしりと詰まっているので、確かにソースだけ食べても満足出来る味わいだった。

キャベツとロールパンにしっかりとトマトソースが絡んで、口の中で絶妙なバランスを作り出すのだ。

ちなみに、悠利はカツやコロッケ、玉子の味付けに使えば良いと思ってトマトソースを用意していた。こんな風に、トマトソースをメインにして食べる人が出るとは思いもしなかっただろう。だがしかし、食べ方は自由である。誰かに迷惑をかけていないのならば、美味しく楽しむのが正解だ。なので、仮に悠利が知ったとしてもにこにこ笑うだけだろう。楽しんでもらえていればそれで満足する悠利なので。

「そういうフラウは、肉ですか？」

「いや、これは魚だ。白身魚のフライだと言っていたかな。タルタルソースが美味しいと聞いたので、そうしてみた」

「あら、そちらも美味しそうですね」

「あぁ、その白身魚のフライは美味しかったな」

「リヒトはもう食べていたんですね」

「最初に食べたんだ」

ざくりというフライもの特有の小気味よい音をさせながらサンドイッチを食べるフラウ。肉のカツかとティファーナは思ったのだが、それは白身魚のフライだった。ふわふわした白身に旨みがたっぷりあって、とても美味しい。それだけでも美味しいのに、そこにタルタルソースが加わるのだから味の暴力だ。この組み合わせは鉄板である。

興味深そうな顔をしたティファーナに、リヒトも感想を伝える。彼はたくさんのサンドイッチを食べているので、必然的にティファーナよりも色々な具材を試していることになる。

「何で最初に白身魚のフライなんですか？　貴方なら肉に行くと思いましたけど」

「……ジェイク、よく考えてくれ」

「はい？」

「開始早々肉の付近に近寄れると思うか？」

「……すみません。僕が悪かったです。レレイの独壇場ですね」

「あぁ。ブルックは気にせず取っていたけれどな。俺にはそこに割り込む勇気は無かった」

「それは、私でもないな……」

ジェイクのもっともな質問に、リヒトは遠い目をして答えた。脳裏に、彼が遭遇したであろう光景を思い浮かべる三人。しみじみと頷いて、リヒトの判断は正しいと思うのだった。やる気満々のレレイの隣に行くのはちょっと疲れそうだ。うっかり彼女が力を込めたら吹っ飛ばされそうというのも含めて。

気にせずその場に割り込んだブルックは、そもそもどうあがいてもレレイが勝てない相手である。腕力でレレイが勝てない唯一の相手なので、それを思えば彼だけが平然とそこに行けるということになるだろう。他《ほか》の面々は身の安全のためにも、タイミングをずらすのが正解だと思って近寄らなかっただけである。

そんなレレイに張り合って肉を取っていたブルックであるが、既に何個目か解らないお代わりを繰り返していた。細身に見えるが大食漢のブルック。もしかしたら具材を端から順番に全部食べるつもりなのかな？　と悠利が思うぐらいには、お代わりを繰り返していた。

「ブルックさん、ペース速くないですか……？」

「パン一つが小さいから、そうでもないぞ」

「そうですか」

半熟ゆで玉子とトマト、レタスを挟んだサンドイッチを食べながら悠利が質問すれば、ブルックは当たり前のように答えた。胃袋の大きさが全然違うんだなぁと思いながら手元のサンドイッチを食べる悠利。半熟玉子のとろりとした黄身がレタスに交ざってとても美味しい。味付けはシンプルにマヨネーズ。野菜や玉子系のサンドイッチとマヨネーズの相性は完璧《かんぺき》である。迷ったらコレを選べば良《い》いという程度には鉄板だと思っている悠利だった。

ブルックはといえば、小さなハンバーグを挟んだサンドイッチをばくばく食べている。タマネギのみじん切りがたっぷりと入ったハンバーグは、噛《か》めば噛むほど肉汁がじゅわりと溢《あふ》れてきて口の中が幸せになる。速いペースで食べてはいるが、ちゃんと味わっているブルックは咀嚼《そしやく》する度に眉《まゆ》を少し下げて嬉しそうだ。表情があまり動かないブルックであるが、よく見ればちゃんと喜怒哀楽はある。

そんな悠利とブルックのやりとりを聞きながら、アリーはがぶりと手元の丸いパンに齧《かじ》り付いた。ベーグルっぽい丸パンを半分に切って、その間に具材を挟んでいるのだ。アリーがチョイスしたのはツナマヨとレタス。そこにエビのソテーを交ぜているという、ちょっと豪華なツナマヨサンドだった。食パンやロールパンより重みのあるパンだが、ツナマヨの風味で美味しく食べられている。

「アリーさん、お味はいかがですか？」

「美味《うま》い」

「良かったです」

「何でお前は俺にだけそれを聞くんだ」

にこにこ笑顔で悠利が問いかければ、間髪容《い》れず答えが返る。嬉《うれ》しそうな悠利に、アリーはちょっと面倒そうに問いかけた。その問いかけに、悠利はきょとんとしたが、すぐに答えた。彼の中では当然の理由を。

「だって、一番感想が解りにくいのアリーさんなんです」

「あぁ？」

「他の人は割と反応で解るんですけど、アリーさんって顔とか態度にあんまり出ないので、美味しいのかなーって」

「別に鉄面皮じゃないのにな」

「やかましいぞ、ブルック」

「後、他の人は割と聞かないでも感想をくれるので」

「……なるほど」

からかうようなブルックの言葉にはツッコミを返したアリーだが、続いた悠利の発言には納得していた。確かに、ほとんどの面々は悠利にすぐに感想を伝えている。今も、通りすがりに何人かが美味しぃと言って去って行っている。聞く前に感想が届くのだ。

なお、アリーは別に悠利の料理が美味しくないわけでも、感想を伝えるのが嫌なわけでもない。単純に、タイミングを逃して伝えそびれているだけである。何しろ、アリーが感想を言おうかと思ったときには、悠利が家事をしていたり、仲間達に囲まれたりしているので。その邪魔をしてまで自分の感想を伝える必要はないかと引いてしまうアリーなので、悠利は自分から彼に確認を取ることにしたのだ。感想が知りたかったので。

嬉しそうな悠利と、バツが悪そうなアリー。そしてそんなアリーをからかって楽しそうなブルック。実に平和な光景を眺めながら、ヤクモは手にしたサンドイッチを口に運んだ。見た目はただのツナマヨサンドに見えるが、これはちょっと違う味付けだった。和風ベースにしてみようと考えた悠利によって、醤油《しょうゆ》ツナマヨになっているのだ。これはこれで美味しいのである。

それに気づいた悠利が、ヤクモに視線を向けた。

「ヤクモさん、味は大丈夫ですか？」

「うむ、大変美味である。手間をかけさせてすまなかった」

「いえいえ、僕も醤油ツナマヨ好きですし。普通のツナマヨも良いですけど、醤油ツナマヨも良いですよねー」

「お前、そんなこともしてたのか……」

「アリーさんも食べてみてください。普通のツナマヨとまた違って、美味しいんですよ」

「解った、解った。解ったから、ぐいぐい来るな」

「はーい」

美味しいものを美味しく食べてほしいと思う悠利なので、ついつい押しが強くなるときがある。まして、押しても大丈夫だと解っている大人組相手だとこういう面が出てくる。同年代の訓練生や見習い組と一緒のときは別の意味でわちゃわちゃしているのだが。それもまぁ、持ち味でしょう。友達相手と大人相手のときは行動が変わってしまっても仕方ないのです。

そんな風に、賑《にぎ》やかに皆《みんな》は手作りサンドイッチを楽しんでいた。悠利もお代わりを繰り返し、満足している。そこでふと、悠利は一つうっかり忘れていたことを思い出した。

「あ、クリームとフルーツ出すの忘れてた」

「あ？　何の話だ？」

「いえ、フルーツサンド作るのに、生クリームとカスタードクリーム、それに色んなフルーツを用意してたんですけど、出すの忘れてたなーって」

うっかりしてました、と呟いた悠利に、アリーは苦笑した。何だ、そんなことかと言いたげな顔だった。実際その程度のことである。大きな問題ではない。なので、アリーのセリフも必然的に穏やかになる。

「なら、デザートにフルーツだけ出したら良いんじゃないか？」

「そうですね。そうしま、」

す、まで悠利は言えなかった。最後まできっちり言い切って、皆が食べ終えた頃合《ころあ》いにデザートとして提供しようと思った矢先であった。目の前から物凄《ものすご》い視線が突き刺さってきたのだ。思わず言葉を呑《の》み込むほどに真剣な眼差《まなざ》しだった。

言わずもがな、甘味大好きなブルックの視線である。離れた席にいるヘルミーネは気づいていないが、気づいていたら彼女も同じような反応をしたかもしれない。とりあえず、ブルックの本気の眼差しに思わず顔を引きつらせる悠利《ゆうり》だった。

「ブルック、威圧するな。……ユーリ、悪いが、用意してやってくれ」

「了解です……」

そんな重要事項かなぁと思いながらも、素直に返事をして台所へ移動する悠利だった。大人げないとブルックを咎《とが》めるアリーの声が聞こえているが、ブルックの返事は聞こえなかった。その代わりのように、視線がビシバシ突き刺さってくる。

「キュウ?」

「あ、ルーちゃん、ごめんね。ご飯食べてるのに」

「キュイ」

台所で生ゴミの処理に勤《いそ》しんでいたルークスは、突然登場した悠利に不思議そうだった。今日は大量に生ゴミが出たので、ルークスの食事はそれで賄われることになったのだ。元々雑食のスライムだし、生ゴミ処理を苦だと思っていないルークスなので、当人はご機嫌で食事をしていた。隣にはアロールの従魔である白蛇のナージャがいる。こちらは食事を終えたらしい。騒々しい皆の周りにいるのが面倒で、静かな台所で休憩をしているのだろう。

ご主人、何かあったの？　と言いたげにつぶらな瞳《ひとみ》で見上げてくるルークスの頭を優しく撫《な》でて、悠利は冷蔵庫の扉を開けた。そこには、大量のカットフルーツが大皿に盛りつけられていた。生クリームとカスタードクリームは、絞り袋に入れてある。スタンバイだけは完璧だったのに、うっかりセッティングを忘れた悠利なのでした。見習い組もうっかりしていたのは、彼らの欲求が肉とか玉子とかに向かっていたからだろう。

「忘れ物を取りに来たんだよ。邪魔してごめんね。ゆっくり過ごして」

「キュイ」

「また後でね」

「キュキュー」

悠利の言葉に、ルークスはこくこくと頷《うなず》いていた。今日もルークスは悠利が大好きです。

カットフルーツの入った大皿と絞り袋二つを持って現れた悠利に、幾つかの視線が突き刺さる。主にそれはデザートに興味のある女性陣だった。……その中に一つ、妙に鋭い視線が混ざっているのだが、持ち主が誰か解っているので気にしないことにした悠利である。どう考えても気にしたら負けだ。

食材を並べているテーブルの端に大皿と絞り袋を並べると、悠利はくるりと皆の方へ向き直って口を開いた。

「すみません。出し忘れていたんですけど、カットフルーツと生クリームとカスタードが用意してあります。フルーツサンドを食べたいと思う人がいたら、どうぞ作ってください」

「フルーツサンド!?　そんなのあったの!?」

「うん。用意してたけど出すの忘れてた」

「ユーリのバカー！　もっと早くに言ってよ！　そうしたら食べる量調節しーたーのーにー！」

「ごめ、ごめん、ヘルミーネ……」

背中の羽ですっ飛んできたヘルミーネが、感情に任せて悠利を揺さぶっていた。バカーと耳に響く美少女の罵声《ばせい》に、反論せずに素直に謝る悠利だった。やっぱり反応するのは彼女だったなと思いながら。

なお、許可が下りたと判断した瞬間、ブルックは即座にカットフルーツの前に並んでいる。パンに生クリームとカスタードクリームを塗って、そこにフルーツを並べて挟む姿は実に楽しそうだった。表情こそあんまり変わっていないが、どう見てもご機嫌である。

ブルックが作り始めたことに気づいたヘルミーネは、悠利をぽいと放《ほう》り出して自分もそちらに向かった。大食いのブルックにいっぱい食べられては困ると思ったのかもしれない。そんな彼女の背中に向けて、聞こえていないと思いつつ悠利は呟《つぶや》いた。

「一応全部まだお代わりあるから、そんなに慌てなくて大丈夫だよー」

多分聞こえていないのだろう。ヘルミーネは一生懸命フルーツを物色していた。その姿を見て、まぁ良いやと思って席に戻る悠利だった。とりあえず忘れていたフルーツとクリーム類を用意したので、悠利の仕事はここでおしまいである。

他の面々は、甘党同盟の二人が作り終えてから近づこうと思っているのか、見守っているだけだった。彼らの甘味にかける情熱に巻き込まれるのは嫌だったのかもしれない。どちらも甘い物が大好きなので。

「お疲れさん」

「はーい。やっぱりヘルミーネは反応しましたねー」

「まぁ、予想通りだな」

悠利のセリフに、アリーは淡々と答えた。考えなくても解る予定調和みたいなものである。なお、食べる量を調節したのにと怒っていたヘルミーネであるが、結構大量にフルーツサンドを作り上げていた。甘い物は別腹なのかもしれない。

フルーツサンドは、ふわふわした食パンにクリームの甘みとフルーツの味わいが加わって、サンドイッチなのにケーキみたいになるのだ。自分好みのクリームと、自分好みのフルーツで作れるとなれば、甘味好きが食いつかないわけがなかった。それをうっかり忘れていた悠利が悪いのだ。多分。

「アリーさんもフルーツサンド食べます？」

「いや。俺はそのままの方が好みだな」

「フルーツそのままでも美味《おい》しいですもんねー」

僕もそうしようかなーと呟く悠利だった。サンドイッチをいっぱい食べたので、結構お腹《なか》がいっぱいなのだ。クリームは重いので入らないかもしれない。パンもこれ以上はちょっと厳しいなと感じるのである。

そんな風に思案している悠利を見て、アリーは苦笑した。それに気づいて、悠利は不思議そうにアリーを見上げた。

「どうかしました？」

「いや。お前は毎度毎度、ただの食事を宴《うたげ》みたいにするなと思っただけだ」

「美味しいご飯は美味しく楽しく食べる方が良《い》いと思いませんか？」

「それは確かにそうだが、準備が大変だっただろうが」

「皆が手伝ってくれたので、大丈夫ですよ」

アリーが自分を労《ねぎら》ってくれていると気づいて、悠利は笑いながら答えた。実際、一人では不可能だった準備を、見習い組の皆は文句一つ言わずに一緒になって頑張ってくれたのだ。それが、美味しいものを食べたいという感情からだったとしても、悠利の思いつきを嫌がらずに手伝ってくれたのは確かな優しさだった。そんな仲間達が、悠利は大好きなのである。

大変なことを大変だと思っていない悠利に、アリーはお前らしいなと呟くのだった。誰かが喜んでくれることのために頑張るとき、悠利はそれをあまり苦だと思わない。まして今回のように自分も食べたいからで頑張るときはそれが顕著だ。

「ありがたいが、あまり張り切りすぎるなよ」

「はい？」

「お前もそんなに体力ないんだから、暑さで倒れたりするなよってことだ」

「肝に銘じます」

以前頑張りすぎて倒れたことがあるので、そこは素直に頭を下げる悠利だった。夏の暑さにそんなに強いわけでもないので、アリーの言葉を胸に刻んで気をつけようと思うのだった。楽しい日常に、病気とか過労で倒れるなんていうスパイスは必要ないので。

そんなこんなで大盛況のうちに終わったサンドイッチ大会。また時間のあるときにやろうねとうっかり口にした悠利の許《もと》に、次はこんな具材が欲しいと皆がリクエストをするのでした。皆、美味しいものが大好きなようです。

あとがき

初めましての方も、こんにちはの方も、お久しぶりの方も、本書をお買い上げいただき、誠にありがとうございます。作者の港瀬《みなとせ》つかさです。

気づけば「最強の鑑定士」シリーズも九巻になりました。皆様のおかげです。本当にありがとうございます。作者はいつものように「え？　出るの？　もう九巻なの？　夢じゃない？　二桁《ふたけた》まで後一冊になったの？」みたいな感じです。手元に本が届くまではいつも夢かなと疑っております。

さて、今回はいつもとちょっと毛色を変えて、悠利《ゆうり》と王都の職人さんチームのお話を色々と書いてみました。新キャラのロイリスとミルレインが職人系の子達だったので、それにちなんだというのもあります。せっかくなので、皆でわいわいしている姿が良いかなと思ったのです。

それに、悠利の知り合いも職人さんが結構いるなぁということに気づいたのですよね。職人さんというか、手に職を持って何かをされている人が多いな、と。今回出番のなかった方々についても、また書ければなと思っています。王都の人達と過ごす悠利の話も、書いていてとても楽しいのです。アジト組と過ごすのとはまた違った距離感がありますからね。

職人見習いと訓練生の二足のわらじを履きながら頑張るロイリスとミルレインには、これからも頑張って修業をして欲しいなと思います。勿論《もちろん》、他の面々にも頑張れと思うんですけどね。やっぱり、お勉強することが他より多い二人のことは、特に応援したくなる親バカ作家です。

九巻に突入しても、相変わらずのまったりした日常を過ごす悠利ですが、そこを楽しんでもらえればと思います。大きな騒動がなくても、日常には楽しいことも優しいことも潜んでいると思うのです。そういう、日記に書くかも解らないような他愛ない日常を過ごす彼らを書くのが好きだなぁと思っています。

また、不二原理夏《ふじわらりか》先生によるコミカライズも絶賛発売中ですので、よろしければそちらも楽しんでいただければと思います。小説とはまた違う、楽しくて可愛くて、そして何より美味《おい》しそうな漫画となっております。ご飯が凄《すご》く美味しそうなんです。とても重要です。

今回も、素敵なイラストを沢山描いてくださったシソさんにも、感謝しかありません。毎度毎度、美味しそうなご飯と、可愛くて楽しそうなうちの子達を描いてくださって、もう五体投地するしかないかなと思う次第です。拝むしかないかな、と。

そして、多大なる迷惑をおかけしている担当編集さん、校正さん、デザイナーさん、その他諸々お世話になっている皆様に、この場を借りて感謝を申し上げます。今回もこうして無事に書籍にしていただいて、本当にありがとうございます。回数を重ねても上手にスケジュール管理が出来ないへっぽこ作家を見捨てずにいてくださって、本当にありがとうございます。精進します。頑張ります。いつか、余裕を持ってお仕事が出来るようになりたいです……。

それでは、この辺りで失礼させていただきます。次は記念すべき二桁、十巻……！　目標の一つでもある十巻で、皆様にお会い出来ればと思います。

この度は本書をお買い上げいただき、本当にありがとうございました。楽しんでいただければ幸いです。

カドカワBOOKS

最強《さいきょう》の鑑定士《かんていし》って誰《だれ》のこと？　9
～満腹《まんぷく》ごはんで異世界生活《いせかいせいかつ》～

2020年３月10日　初版発行
2022年７月30日　再版発行

著者／港瀬《みなとせ》つかさ

発行者／青柳昌行

発行／株式会社KADOKAWA

〒102-8177
東京都千代田区富士見2-13-3
電話／0570-002-301（ナビダイヤル）

編集／カドカワBOOKS編集部

印刷所／暁印刷

製本所／本間製本

Printed in Japan
ISBN 978-4-04-073565-8 C0093

新文芸宣言

かつて「知」と「美」は特権階級の所有物でした。

15世紀、グーテンベルクが発明した活版印刷技術は、特権階級から「知」と「美」を解放し、ルネサンスや宗教改革を導きました。市民革命や産業革命も、大衆に「知」と「美」が広まらなければ起こりえませんでした。人間は、本を読むことにより、自由と平等を獲得していったのです。

21世紀、インターネット技術により、第二の「知」と「美」の解放が起こりました。一部の選ばれた才能を持つ者だけが文章や絵、映像を発表できる時代は終わり、誰もがネット上で自己表現を出来る時代がやってきました。

UGC（ユーザージェネレイテッドコンテンツ）の波は、今世界を席巻しています。UGCから生まれた小説は、一般大衆からの批評を取り込みながら内容を充実させて行きます。受け手と送り手の情報の交換によって、UGCは量的な評価を獲得し、爆発的にその数を増やしているのです。

こうしたUGCから生まれた小説群を、私たちは「新文芸」と名付けました。

新文芸は、インターネットによる新しい「知」と「美」の形です。

2015年10月10日
井上伸一郎

蜘蛛《くも》ですが、なにか？
Kumo desuga, nanika?
シリーズ累計120万部突破!!
著：馬場翁
イラスト：輝竜司
アニメ化
企画進行中!!
『このライトノベルがすごい！2017』（宝島社刊）
単行本部門
新作ランキング
第1位
『このライトノベルがすごい！2018』（宝島社刊）
単行本・ノベルス部門
ランキング
第2位
女子高生だったはずの「私」が目覚めると……なんと蜘蛛の魔物に異世界転生していた！敵は毒ガエルや凶暴な魔猿っておい……。ま、なるようになるか！種族底辺、メンタル最強主人公の、伝説のサバイバル開幕！

生きて、
蜘蛛子ちゃん――!!
全ネットが応援した
衝撃の問題作!!
角川コミックス・エースより
好評発売中!
蜘蛛《くも》ですが、なにか?
かかし朝浩
馬場翁
輝竜司
1
蜘蛛子の七転八倒
ダンジョンライフが
漫画で読める!?
漫画:かかし朝浩
原作:馬場翁
キャラクター原案:輝竜司
書籍、コミックなどの情報が集約された特設サイト公開中!
「蜘蛛ですが、なにか? 特設サイト」で 検索
シリーズ好評発売中!
カドカワBOOKS

colate
魔王《まおう》になったので、
ダンジョン造って
人外娘とほのぼのする
MAOU NI NATTA-NODE
DUNGEON
TSUKUTTE
JINGAI-MUSUME
TO HONO-BONO
SURU.
カドカワBOOKS

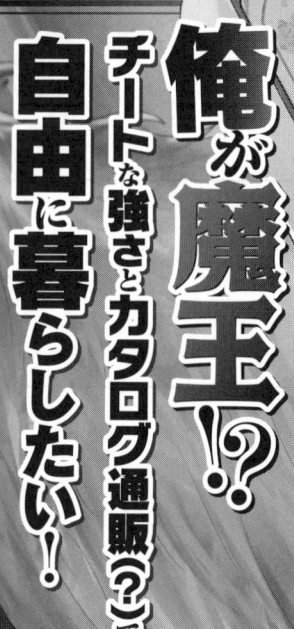

ゲーム知識を使って、
らくらく
レベル上げ＆
スキルをゲット！
元・世界1位のサブキャラ育成日記
～廃プレイヤー、異世界を攻略中！～
沢村治太郎
illust. まろ

コミックス発売中!!
元・世界1位のサブキャラ育成日記 1
原作：沢村治太郎
漫画：前田理想
キャラクター原案：まろ
カドカワBOOKS

最速無双のB級魔法使い
一発撃たれる前に千発撃ち返す！
〔著〕CK
〔illustration〕阿倍野ちゃこ
カドカワBOOKS
伯爵家に生まれながら、魔力量も属性も底辺だったスカイ。周りから落ちこぼれ認定されるも、ある人物との修行により伝説の“ラグナシ”の力を得ることに！　そんなある日、王都の学園に入学することになり……？

ガンガンONLINEにて
コミカライズ
連載中!
作画：山浦柊
©Shu Yamaura
/SQUARE ENIX
超スピードの攻撃魔法で、
どんな相手も
撃ち破る!!

1巻即重版の人気シリーズ!!
魔物の魔石を食べて
強くなれるのは、
この世界でオレだけ！
コミックス1巻発売中!!
作画：菅原健二
魔石グルメ
結城涼
ILL. 成瀬ちさと
カドカワBOOKS
転生特典のスキル【毒素分解EX】が地味すぎて、伯爵家でいびられるアイン。しかし母の離婚を機に隣国の王子だと発覚！　しかもスキルのおかげで、魔物の魔石を食べてその能力を吸収できる体質らしく……？

魔石グルメ
魔物の力を
食べたオレは
最強！

鈴木竜一　イラスト／LLLthika

無能とされ街を出たトアが手にしたのは、巨大要塞とそれを自在に改造する超便利な能力！　家具を作り、農地を拓き、快適な要塞生活スタート！　と、それ目当てに脳筋エルフや狼少女、色々な種族が住み着いて……!?

カドカワBOOKS